JN068462

逆行した元悪役令嬢、性格の悪さは直さず処刑エンド回避します！

2

Character
チャイ・スロフォン
スロフォン王国第四王女。
可憐で優しい《妖精王女》と
呼ばれている人気者。
アリスティーナに復讐を
誓っている。
アリス
（アリスティーナ・クアトラ）
人生やり直し中の元悪役令嬢。
良い子になるべく奮闘中。
ユリアンが好きだが、なかなか
素直になれない。

ロナルド
（ロナルド・ヴォーデモン）
ユリアンの側近候補であり、熱烈な信者。ユリアンの敵は全て排除する、という過激思考の持ち主。
ユリアン
（ユリアン・ダ・ストラティス）
ルヴァランチア王国の第二王子、アリスティーナの婚約者。無表情で考えの読めない美青年。
ウォル・ターナトラー
アリスティーナを慕う少々変わり者の学園の先輩。現在は大学にて薬草学の研究に勤しんでいる。
～？？？～

逆行した元悪役令嬢、性格の悪さは直さず処刑エンド回避します！ 2

第一章  チャイ・スロフォンの葛藤

《チャイ視点》

女性優位の小国、スロフォン王国。第四王女としてこの世に生を受けた私は、物心ついた頃から、母という存在がとても恐ろしかった。この国の女王として君臨し、賢女として名を轟かせている、冷静で無慈悲な人。

君主として優秀であることは理解しているけれど、私はあの方に笑いかけられた記憶はない。乳母であるルーランに育てられ、母といえども会うには謁見許可が必要で、三人の姉達ともどこかよそよそしい会話しかしない。

そんな環境の中でも、私が私らしくいられたのは、ミアンという幼馴染みがいたからに他ならない。彼とは乳兄妹で、昔はよくルーランを取り合った。

伯爵家の三男で、私とは同い年。穏やかで優しい心の持ち主で、私が怪我をした時は代わりに泣いてくれるような人。小さな頃から、私はミアンのことがとても好きだった。あの笑顔に何度励まされ、どれだけ勇気を貰ったか分からない。ミアンも、身分差を気にする年頃になるまでは、いつも笑顔で私に「遊ぼう」と声を掛けてくれた。

王女としての私は、とてもつまらないただの操り人形。四姉妹の中で一番可愛らしいと褒められ

るたび、姉達からは冷ややかな視線で見られているような気がしてならなかった。誰も頼んでいないのに、いつの間にか私は「妖精王女」と呼ばれるようになった。

可愛らしいと言われるのは、外見がそうであるから。妖精という名に合わせてそれらしく振る舞えば、誰もがそれを『本来の私』だと錯覚する。本当はどう思っているかなんて誰も気にしていない。王女らしく、妖精らしく、ただ求められるように生きるだけ。

私には、ミアンさえいてくれればそれで良かった。たとえいつかは、互いに別の誰かと結婚するのだとしても。遠くから、彼の幸せそうな顔が見られるのなら、それが私の幸せなのだと。張り裂けそうになる心を必死に押し殺し、私は『妖精』を演じ続ける。

だって哀しい顔をしていたら、大好きな彼が心配してしまうから。

「チャイ。ストラティス第二王子がどのような人物なのか、実際に足を運び見定めてきなさい。そして、こちらに有利となるように行動するのです」

「……畏まりました、女王陛下」

その美しい顔に厳しい表情を湛え、冷たい双眼がこちらを見下ろしている。恭しく頭を垂れながら、ついにこんな日がやって来たと愁嘆した。

十五になるまでなかなか婚約者が決まらなかったのは、単に母のお眼鏡にかなう男性がいなかったから。彼女は、基本的にスロフォンの男性には能力が備わっていないと考えている。

そんなものはただの偏見で、傾向として優秀な女児に恵まれていたというだけ。遥か昔は、王家に男児が生まれることは不吉とされ、出産後すぐに捨てられるなどという、忌々しい風習もあったらしい。さすがに、今はそんな倫理に反する行いは禁止となった。

はっきりと口にはしないけれど、母はルヴァランチア王国の第二王子であるユリアン・ダ・ストラティス殿下に目を付けているのだろう。身上書によれば、彼は幼い頃から同国の公爵令嬢と婚約を結んでいるらしい。だから、大々的にこちらから「我が娘と婚約を」とは言えない。

あの曖昧な言い方は、要するに「誘惑してこい」と言いたかったのよね。私の価値は『妖精』であることくらいしかないから。

私は出立ギリギリまで、ミアンに愚痴を溢した。向こうの学園になんて行きたくない、ミアンと同じが良い、ずっとスロフォンにいたいと。

「大丈夫。離れていても、僕にとって君は大切な幼馴染みだよ、チャイ」

いつも、どれだけ頼んでも呼び捨てしてくれないくせに、こんな時だけズルいんだから。

「私もよ、ミアン。どこにいても、いつも貴方を想ってる」

どれだけ好きでも、私は彼と一緒になることは出来ない。母には逆らえないし、無理を通して辛い思いをするのは、私ではなくミアンなのだ。

「行ってらっしゃい」

「……行ってくるわね」

憂鬱な表情を隠しきれない私に、ミアンはこっそりと耳打ちをする。

「こんなこと大声じゃ言えないけど、早く君が帰ってくればいいなって思ってるよ」

「ふふっ、ミアンったら」

柔らかく笑う彼の笑顔を胸に焼き付け、私はルヴァランチアへと出立したのだった。

「妖精の皮を被った悪魔……！　なんて穢らわしいのかしら！　貴女なんて、地獄へ堕ちればいいのよ‼」

ストラティス殿下の婚約者である、アリスティーナ・クアトラ公爵令嬢は、髪を振り乱しながら金切り声を上げた。

そして、階段の上から下に向かって、思いきり私を突き飛ばした。

（ああ、このまま死ぬのかしら）

この学園に来てから、数ヶ月。私はこの令嬢に酷い扱いを受け続けてきた。表面上は完璧な公爵令嬢を演じながら、その仮面の下は醜い嫉妬にまみれていた。

ストラティス殿下と私の仲を疑い、少しずつ陰湿な嫌がらせを繰り返し、それでも私がいなくならないからと、とうとうこんな強行手段に打って出た。

幸い、学園の衛兵達に助けられた私は大した怪我もなく軽傷で済み、反対にクアトラ公爵令嬢は現行犯で取り押さえられた。

こんなにも人目につく場所で、友好国の王女に手を出せばどうなるのかなんて、小さな子供でも分かる簡単なこと。

けれど彼女の綺麗な琥珀色の瞳には、私しか映っていなかった。どう見ても正気ではない、殺意の籠もった鋭い眼差し。

(彼女にとって私は、泥棒猫にしか見えなくて当然だわ)

だって、本当にその通りなのだから。私にその意思がなくとも、母の思惑を知る者達は勝手にそのように手を回す。ストラティス殿下は感情の起伏がなく、心の内が見えない人だから、本当はどう思っているのか私には分からない。

けれど彼もきっと、私と同類なのだと思う。温かい愛情とは無縁の、親の操り人形。クアトラ公爵令嬢を捨てて私に乗り換えろと、国王陛下や王妃様に言われたなら、粛々とそれを実行するのだろう。

彼女もそれが分かっているからこそ、ストラティス殿下に直談判するのではなく、私の存在を排除しようとした。ちょっと頭の悪過ぎるやり方だけれど、それほど余裕がなかったのでしょうね。

「なぜ、その女には笑いかけるのですか」

両手を拘束され体を押さえつけられながらも、クアトラ公爵令嬢は必死に訴えている。彼女の視線は今、私の側で無表情を貫いているストラティス殿下へと向けられていた。

(笑いかけられたことなんてない)

なんて自分勝手なことを言う人なのかしらと、呆れ果ててしまう。一方的な勘違いで嫌がらせを受け、命まで奪われるところだった。

彼女がまだ猫を被っていた頃、私は親切にしてくれたお礼という意味で、スロフォンの王族ご用達のおじろいまでプレゼントした。それも彼女にとっては、ただの嫌味にしか感じられなかったのだろう。

大体、クアトラ公爵令嬢がそこまで執着する理由も、私には分からない。ストラティス殿下は確かに優秀で見目麗しくて、非の打ち所がない人格者なのかもしれない。けれど、私のタイプからは全く外れているのだ。

こっちだって、大好きなミアンの側にいたいのを我慢してここにいる。ストラティス殿下はまるで精巧な作りの人形のようで、恐怖すら感じてしまうのに。一体どこに惹かれるというのか、私にはまったく理解が出来なかった。

「……君は一度でも、私自身を見ようとしたことがあるのか」

ストラティス殿下が、小さな声でぽつりと呟く。それまで冷静さを保っていたグレーの瞳がゆらりと揺れて、今にも泣いてしまいそうに見えた。けれどそれもたった一瞬で、すぐに元の無表情に戻る。

（もしかしてこの方、本当はクアトラ様を……）

実際のところは当人達にしか分からないけれど、もしも互いに想い合っているのならば、私は邪魔以外の何者でもない。そう考えると、眼前で美しい顔を嫉妬に歪めているクアトラ公爵令嬢が、とても哀れに思えた。

好きな人と結ばれないことがどれだけ辛いか、私はよく知っている。ミアンの幸せが私の幸せだと、ずっと自身に言い聞かせてきたけれど、いつか彼が他の女性と結婚した時、私は本当に祝福してあげられるのだろうか。

――君のことが大好きだよ。

優しい声で私以外の誰かに愛を囁いて、澄んだ瞳で私以外を見つめて、可愛い笑顔が私以外に向けられる。それを目の当たりにして、正気を保ち続けられる？　クアトラ公爵令嬢のようにならないと、断言できる？

そんな考えに囚われた私には、彼女と自分自身がぴたりと重なって見えた。

「……ストラティス殿下。どうか彼女を、酷い目に遭わせないでください。私が必ずなんとかしてみせますから」

気が付けば私は、半ば無意識にそんな台詞を口にしていた。助けたいなんて思っていなかったはずなのに、どうしてだろう。この感情を、自分でも上手く説明出来ない。

「貴女は、慈悲深い人だ」

ストラティス殿下はそう言って、クアトラ公爵令嬢にくるりと背を向けた。私も彼に促され、その場から立ち去る。

一瞬だけ振り返ると、クアトラ公爵令嬢が全てを諦めたように地に伏している姿が見えて、ぐっと胸が締め付けられた。

（私が来なければ、きっとこうはならなかったのに）

妙な罪悪感に苛まれながら、私は頭の中でミアンの笑顔を思い浮かべていた。

「チャイお嬢様。この度は本当に災難でしたね。まさか友好国の公爵令嬢が、こんな騒ぎを起こすだなんて」

「嫉妬に駆られて馬鹿な真似をして、私には理解が出来ません」

「きっとただでは済まないでしょう。自業自得としか言えませんね」

ストラティス殿下が用意した寮とは違う特別室にて、私はソファに腰掛け短い溜息を吐く。その横で、侍女達が険しい顔をしながら、ひたすらにクアトラ公爵令嬢を悪く言っていた。

（確かに、馬鹿だと思う）

けれど、彼女の気持ちが理解出来ないとは思わない。むしろ共感出来るからこそ、このモヤモヤとした感情がなくならない。

処刑か追放か、どちらにせよ彼女はストラティス殿下を失った。そうならない為に私を排除しようとしたのに、結局自ら穴に落ちてしまうなんて。

「お嬢様、浮かない顔をしていらっしゃいますね？　お医者様を呼びましょうか？」

「いいえ、平気よ。ありがとう」

いつもと変わらない笑みを浮かべれば、侍女達も安心したような表情を見せる。私が笑顔以外の顔をすると、決まってこんな風に過剰に心配されるのだ。

（生まれて初めて、悪魔って言われたわ）

誰からも『妖精』だと褒めそやされ、母からもそれしか良いところがないと言われてきた。『妖精』以外に見られたことが新鮮で、ほんの少しだけ嬉しいような気分にもなっていた。物凄く変な話だけれど。

彼女とストラティス殿下の間に、親の決めた婚約者以上の感情があったのか、定かではない。けれど少なくとも私には、二人にしか分からないような特別な絆があるように見えた。邪魔をしたのはこちらで、クアトラ公爵令嬢にも同情の余地があるのではないかと。

「スロフォン王女殿下。このような事態を防げなかったことを、心より陳謝いたします。アリスティーナ・クアトラの処分につきましては厳しく対応いたしますので、どうかご安心ください。後ほど、国王ならびに王妃も謝罪に伺いたいと申しております」

コンコンという軽いノックの後、顔を見せたのはストラティス殿下だった。侍女達は色めき立ち、ひそひそと囁き合っている。クアトラ公爵令嬢がいなくなり、いずれはこの方が私の夫となると、皆そう思っているのだろう。

（……嫌だなぁ）

だって、ずっと一緒にいたら疲れそうだ。ミアン本人との結婚は無理でも、出来るなら穏やかで優しい人がいい。なんて、母がストラティス殿下を気に入っている以上、私に口出しする権利はないのだけれど、やっぱり殿下は私のタイプから大いに外れている。

淡々と説明口調で話し続ける彼に相槌を打ちながら、私は少し試してみようと思い立った。

「ストラティス殿下は、本当にこのままでよろしいのでしょうか？」

「と、言いますと？」

「もしも貴方が望むのであれば、私からもクアトラ公爵令嬢の減刑を願い出ましょう。このままでは彼女は追放か、最悪の場合処刑されてしまうかもしれません」

そう口にすると、彼の瞳に一瞬動揺が走ったように見えた。けれどすぐにまた、普段通りのポーカーフェイスに戻る。

「友好国の王女殿下を貶（おとし）めようとしたのですから、それは当然のことです。彼女も、覚悟の上で行動を起こしたのでしょう」

「本当にそうでしょうか？　私には、クアトラ公爵令嬢は必死で貴方を取り戻そうとしているようにしか、見えませんでした。自分の身がどうなるのかというところにまで、考えが及んでいなかったのでは？」

「……でしたら、浅慮で愚かとしか表しようがありません」

少しずつ、本当に少しずつ、彼の仮面が剥がれているような気がする。やっぱり本音では、クアトラ公爵令嬢のことを気にしているように思えてならない。

「王女殿下のお心遣いには深く感謝申し上げますが、アリスティーナ・クアトラの処遇に関しては、私ではなく国王が決定いたしますので」

「……貴方は、それで後悔しないの？」

感情が込み上げ、思わず声が震えてしまう。ストラティス殿下は視線を下げ、自嘲気味に呟いた。

「もう、どうにもなりません」

「殿下……」

「私と彼女が馬鹿だったと、それ以外に言えることはないのです」

これ以上、どう言葉を掛ければいいのか分からない。彼は恭しく頭を垂れると、そのまま静かに部屋を出ていった。

アリスティーナ・クアトラの処刑が正式に決定したのは、それから五日後のことだった。聞き及んだところによれば、彼女の父親、つまりクアトラ公爵自らがそうしてくれと進言したらしい。

なぜか私の心中は怒りでいっぱいで、どうして誰も彼女を助けようとしないのか、理解が出来なかった。

私が声を上げても、それは意味を成さない。結局ストラティス王家が恐れているのは私ではなく、私の母なのだ。

大切な娘を蔑ろにされたと、友好関係にヒビが入るようなことになっては、いくらこちらが小国であっても、双方の利にはならない。手っ取り早く誠意を見せるには、クアトラ公爵令嬢の処刑が一番効果的。

(家柄だの国だの、本当に馬鹿みたい！)

心から私を心配してくれた人は、一体何人いるのだろう。もしかしたら、ミアンだけかもしれない。階段から突き落とされたと知ったら、彼はきっと凄く悲しむ。それから、無事で良かったと言って泣いてくれる。

クアトラ公爵令嬢を死刑にしろなんて、絶対に言わない。

「……誰もやらないなら、私がやればいいんだわ。そうでしょう？　ミアン」

しんと静まり返った部屋で、一人ぽつりと呟く。瞼の裏に映る彼が、柔らかく微笑んだような気がした。


スロフォンには、様々な伝承が存在する。何代目の女王が未曾有の天災を防いだとか、王族の血を引く娘が戦を勝利に導いただとか、そんな眉唾物の物語。

幼い頃乳母がベッドの側で優しく語ってくれる程度の、信憑性のないものだ。いわゆる、ただのお伽話。

それでも、女性優位を貫くスロフォンにとっては、必要なものだった。所詮は女だと舐められない為に、女性王族は摩訶不思議な力が使えるのではと、思わせることが重要だったから。些細なことかもしれないけれど、どうしたって力では男に敵わない。こんな姑息な印象操作も、全ては自分達と国の民を守る為なのだ。

（私だって、信じていなかったわ）

そんなお伽話の中の一つ。代々直系の王族女性がたった一度だけ使える、魔法のような力。それは、他者の為に心から祈った時にだけ、女神が願いを叶えてくれるのだというもの。

そんなものに縋(すが)らなければならないなんて、惨めだ。けれどももしも本当なら、私一人の力でもこの現状を変えることが出来るかもしれない。

クアトラ公爵令嬢を助けたいなんて、そんな高尚な思いじゃない。罪悪感、自己嫌悪、同情、親近感。どんな言葉を並べても、どれもしっくりこない。

これまでずっと母の言いなりだった人生を、決められた運命を、この手で変えてやりたい。妖精王女のチャイ・スロフォンではなく、ただ一人のチャイとして、一度くらい抗(あらが)いたい。

（私の我儘(わがまま)に巻き込まれてもらうわよ、アリスティーナ・クアトラ！）

胸いっぱいに息を吸い込み、少しずつゆっくりと吐き出す。目を閉じて、不必要な感情をすべて頭の中から追い出した。雲ひとつない真っ青な空を思い浮かべ、自身の鼓動の音だけに耳を傾ける。

（……女神様、どうか）

「どうか、時を巻き戻してください。これ以上、不幸な思いをする者を増やさぬように」

それが、私の願い。誰かの為、何かの為なんて曖昧な言い方は、きっと通らない気がした。

「やっぱりこんなの無理よね……」

しばらく経っても何も起こらず、唇を噛み締めたその時。突然、足元がぐらりと揺れたような感覚に陥る。目の前がだんだんと歪み始め、声を上げる間もなく私は意識を失った。

そして次に目覚めた瞬間、私は確信する。

「チャイ、大丈夫？　鬼ごっこしてたら急に寝ちゃったから、ビックリしたよ。疲れたの？　部屋で休む？」

背中に感じる、柔らかな芝の感触。瞼を開けると、心配そうな瞳でこちらを見つめているミアンが、視界に入った。可愛らしい顔立ちをした、まだ幼い頃の彼だ。

（これって、本当に成功したの……？）

にわかには信じられないけれど、全てが夢だったとはとても思えない。ぺたぺたと自分の頬を触り、ギュッとつねってみても、もちろん痛い。

「ああ、チャイ！　何してるの⁉　ほっぺが赤くなっちゃったよ！」

ミアンはそう言って、私の頬にそっと触れる。十五歳の彼ならば、絶対にこんなことはしない。

心臓を紐で縛られたように苦しくなり、思わず手で胸元を押さえた。

「大丈夫？　苦しいの？」

「ううん。嬉しいだけだから気にしないで」

ふにゃりと笑う私を見て、ミアンが不思議そうに首を傾げる。鼻の奥がつんと痛むのを感じながら、もう一度彼との幸せな日々を過ごせることに、心の底から感謝したのだった。

それからあっという間に時は過ぎ、十歳の誕生日を迎えた私は、母から言われティンバート王国に留学することとなった。それは視察という名目だったけれど、実際は違う。

ユリアン・ダ・ストラティス殿下がティンバートへ留学したのを、追いかけたような形となっている。

二度目の人生でもやっぱり彼とは関わる羽目になるのかと、少し憂鬱だった。互いに「初めまして」と声を掛け合い、それが嘘ではないかとしばらく観察していたけれど、特段変わった様子は見受けられない。

どうやら、ストラティス殿下も他の人達と同じように、時間を遡（さかのぼ）る前の記憶はなくなっているようだ。

（やっぱり、覚えているのは私だけなのかしら）

こうなるとクアトラ公爵令嬢は、また以前と同じ我儘で嫉妬深い性格に育っているに違いない。

学園に入るまでには何か対策を取らなければならないと、彼女の琥珀色の双眼を思い浮かべながら考えた。

ミアンとの日々が幸せ過ぎて、ついクアトラ公爵令嬢の存在を忘れてしまっていたことを、よくよく反省しなければ。

ティンバート滞在中、ストラティス殿下とはあまり関わりを持たないように気を付けていた。けれどどうしても彼女のことが気になり、何かの食事会の席で一度だけ話しかけたことがある。

私とクアトラ公爵令嬢に繋がりがあるのは不自然だから、誤魔化しながら聞き出すのも大変だった。殿下は相変わらずの人形振りだったし、二人の関係も以前と同じなのかもしれない。

「ストラティス殿下の婚約者様は、とても綺麗なご令嬢だと伺いました。お二人が並ぶと、それは絵になるのでしょうね」

私の言葉に、彼はさして反応を示さない。優雅な所作で淡々と食事を進めながら、ちらりとこちらに視線を向けた。

「どうでしょうか。あまり意識したことがありません」

「殿下の隣に相応しい方なのですから、きっと誰もが憧れる完璧な方なのですわ。見た目だけではなく、その中身も」

「中身が完璧……」

まさか「今も性格が悪いままですか？」なんて、聞けるはずもない。嫌味っぽかっただろうかと思ったけれど、意外にも彼の口角がほんの少しだけ持ち上がった。

「まぁ、私と相性の良い婚約者であることは間違いありません」

たったそれだけだったけれど、以前とは表情が違う気がする。彼女の名前を出した時にだけ、ぴりりとした雰囲気が微かに和らいだような。

もしかすると、今度の二人は上手くいっているのかもしれない。誰が見ても相思相愛の関係ならば、母も諦めがつくはずだし、仮にクアトラ公爵令嬢が私に嫉妬しても、殿下がフォローを入れさえすれば問題はない。

（後は私が、なんとか国内で婚約者を見つければ……）

ミアンと離れなくて済むと、そう思ったけれど、ふと以前のクアトラ公爵令嬢の姿が浮かんだ。もしも自分があなってしまったらと、考えるだけでゾッとする。

いっそスロフォンから出て、どこか遠い地に嫁いでしまった方が良いのかもしれない。

ミアンの幸せを遠くから祝福しながら、たまに手紙のやり取りをしたり、何かの席で思い出話を交わしたり、そういった距離感の方が、自分を見失わずに生きていけそうな気がする。

とはいえ、それはまだ先の話。今は早く留学を終えて、彼の笑顔が見たい。

それだけを支えに一年が経ち、ようやくスロフォンへ帰国した。落ち着く暇もなく、血相を変えた侍女からの知らせを聞いた私は、すぐさま城を飛び出した。

「ミアン……」

会えるのを心待ちにしていたのに、彼は帰らぬ人となっていた。名前を呼んでも、応えてくれない。手を握っても、握り返してくれない。もう二度と、私に笑いかけてくれることはない。

「どうして、こんなことに……っ」

ベッドに横たわっているミアンの側に膝を突き、ポロポロと涙を流す。本当は泣きたくないのに、次から次へと勝手に溢れてきた。泣いたら、認めてしまうことになる。大好きなミアンが、この世から去ってしまったのだと。

「ミアンは、港までチャイ様をお迎えに上がる途中でした。運悪く暴漢に襲われ、こんなことに……」

ミアンの母でありかつては私の乳母でもあったルーランが、涙ながらにそう告げる。彼の体に布が掛けられているのは、見るに耐えないほど酷い暴行を受けたということなのだろうか。

「私を迎えに来ようとしてくれた？　相変わらず優しいのね、ミアンは」

布からはみ出た傷だらけの手をそっと握り、静かに問いかける。

「ごめん、ごめんねミアン……」

「チャイ様が謝ることではありません！」

「いいえ、全部私のせいだわ」

だって私を迎えに来なければ、ミアンが襲われることはなかった。留学なんてしなければ、力なんて使わなければ、あのままストラティス殿下と結婚していれば、ミアンは……。

その後、自分がどうやって城に帰ったのかすらも思い出せないまま、私はただ部屋の隅に座り込み、ボーッと虚空を見つめていた。いつの間にか時は過ぎ、ミアンの体が埋葬されてもなお、私だけが現実を受け入れられないまま。ミアンの墓石にしがみつき、金切り声を上げていたのを護衛に無理矢理引き剥がされたのは、何となく記憶にある。

私の名前を呼びながら、柔らかな笑顔で手を振っている彼の姿が頭から離れない。今この瞬間も、どこかで笑っている気がする。そして明日からも、私は彼に会うことが出来る。抱き締めてもらえなくても、ただそれだけで十分だったのに。

「嫌よ、こんなのあんまりよ、ミアン、ミアン……っ！」

痛かったでしょう、苦しかったでしょう、優しい貴方の最期がこんなにも悲惨なものだなんて、絶対にあってはならないことなのに。

「私が力を使わなければ……」

水も食事も喉を通らず、眠りに就くことも出来ない。まともな思考が出来なくなった私は、ただ一人に憎しみを注ぐことでしか、生きる意味を見出だせなくなっていた。

「許せない……アリスティーナ・クアトラ……」

虚ろな瞳で、ぶつぶつとその名を何度も呟く。だってそうでしょう？　彼女があんなことをしでかさなければ、私は力を使おうとはしなかった。

「もしも力を残しておけたのなら、今この瞬間に使えたのに……！　ミアンをこの手で救う手段を、私は持ち合わせていたのよ!!」

ミアンの死因が別のものだったとしても、力があれば希望はあった。その全てを、あの女が私から奪ったのだ。

「……自分だけ幸せになろうだなんて、絶対に許さないから」

ミアンのいない世界なんて、何の価値もない。彼女への同情も祝福も一切感じられず、残ったのは強い憎しみだけ。

『妖精』が『悪魔』へと変わる瞬間、感情が昂り笑いが止まらなくなる。

「ふふっ、あはは、あははは……っ!!」

道連れにしてやる、一緒に絶望に引き摺り込んでやる、今度は簡単には死なせない。

「私と同じ気持ちを、貴女も味わえばいいんだわ」

唇を強く噛み締めたせいで、口の端から血が滲む。私はそれを、舌でぺろりと舐めとった。


私は十四歳となり、ルヴァランチア王立学園へと通うことになった。母に指示されるよりも先に、私自らが進言した。その為、前と比べると一年も前倒しされている。

アリスティーナ・クアトラに復讐すべく、私は意気揚々と彼女達の前に姿を現したのだった。

いくらチャンスを与えても、人の本質というものは簡単には変えられない。クアトラ公爵令嬢は、やっぱりこの世界でも悪役令嬢として名を轟かせていた。これならば、ストラティス殿下を奪うことなんて簡単だと、私は内心ほくそ笑んでいた。

ところが、非常に面白くないことに殿下は私に靡かない。それどころか、クアトラ公爵令嬢を愛しているから彼女に誤解されたくないと、私に対してハッキリとそう言ったのだ。以前では考えられないような台詞に、思わず舌打ちした。

あの令嬢が私を苛めないのは、断罪された記憶があるから。彼女は私に近付き、カマをかけてきた。苛立ちに任せて私が真実を話して聞かせると、絶望感に満ちた表情に変わる。

(それはそうよね。今やっと殿下と上手くいっているのに、私が彼に真実を伝えたら全て台無しになるもの)

彼がこちらの言い分を信じるかどうかは、重要ではない。彼女は私という存在に慄き、必ず排除しようとするだろう。

クアトラ公爵令嬢の分厚い化けの皮が剥がれることこそが、私の目的なのだ。

(私は生きる希望を奪われたのに、彼女だけが幸せになるなんて絶対に許さない)

「この私にそんな態度をとって、本当によろしいのですか?」

「……それはどういう意味でしょう」

「貴方の大事な婚約者を傷付けられたくないのなら、黙って言うことを聞いてください。それくらい、彼女を守る為なら簡単ですよね?」

クアトラ公爵令嬢に危害を加えると彼を脅せば、面白いほど簡単に言うことを聞かせられた。優情けない。

秀と名高いストラティス殿下が、令嬢一人の為に私のような小娘の言いなりになるなんて、本当に

その後、彼は私の側にいるという約束を守ったけれど、上目遣いで見つめても体を擦り寄せても、無表情で距離を取られる。やっぱり私は、この方が凄く苦手だわ。ちっとも安らげないし、疲れちゃう。

そんな胸の内を上手く隠しながら、今日も学園内のテラスで、周囲に見せつけるように殿下の隣に座る。彼はこちらを見ることもせず、視線を遠くに向けていた。まるで、誰かの姿を捜しているかのように。

「……クアトラ様のどこが、そんなに良いというのです？　見た目と家柄以外の魅力なんてないように思えますけれど」

「貴女にはそうかもしれませんが、私にとっては違います。彼女のことは、私だけが理解していれば良い」

内心チッと舌打ちしながら、冷静になろうと浅い呼吸を繰り返した。

こうなったらもう、今この場で真実を暴露するより道はない。私は瞳を潤ませながら、至近距離で彼を見つめた。

「酷いですわ。ユリアン様は、私を愛していると仰ってくださったではありませんか」

「嘘を吐くのは止めてください」

「いいえ、嘘ではありません。確かに貴方は、私に愛を伝えてくださいました。『以前の人生』で、アリスティーナ・クアトラ公爵令嬢が処刑された後に」

私の言葉を聞いた瞬間、ストラティス殿下が勢いよく立ち上がった。その衝撃で座っていたガーデンチェアが音を立てて倒れたけれど、彼は気にも留めずに私を睨みつけた。

もちろん、これは大嘘だ。けれど以前の記憶が消えている殿下には、真実かどうかを知る術がない。

それにこの反応、もしやクアトラ公爵令嬢の言動や行動から、何かを感じ取っていたのではと思わずにはいられない。まさか、彼女が自分にとって不利な話を打ち明けるはずはないし、彼も確証はないのだろう。

どちらにせよこれは、絶好のチャンス。内心ほくそ笑みながら、さらに悲劇のヒロインを演じてみせた。

「私を脅すだけでは飽き足らず、次はそんな妄言で惑わそうとするのですか」

「私をお疑いなら、直接クアトラ様に確認してみるといいですわ。貴女は嫉妬のあまり、チャイ王女を階段から突き落とそうとしたことがありますか？　とね」

いつも無表情な顔が怒りに歪んでいるのが、愉快に思える。まさか、こんなにダメージを与えることが出来るなんて。

「……貴女がそのつもりなら、もう遠慮はしません。アリスには指一本触れさせない」

「どうぞご自由に。こちらも、好きにさせていただきますから」

「私は絶対に、彼女以外を好きにはならない」

ハッキリと断言したストラティス殿下は、そのまま背を向けて去っていく。予想以上の成果が得られたことに、私はニヤリと口角を上げる。

これであの二人の仲に亀裂が入ることを想像すると、笑いが止まらない。

「やだ、どうしてこんな……」

膝の上に置いている自身の手が震えていることに気付いて、ギュウッと強く拳を握り締める。無意識に手の甲を掻きむしったせいで、そこにうっすらと血が滲んだけれど、全く痛みを感じない。

思い通りに事は進んでいるはずなのに、どうしてこんなに落ち着かない気持ちになるのだろう。

(ミアンはもういないってことを思い出すのよ、チャイ)

こんなところで怖気付いていてはダメだと、自分に言い聞かせる。気持ちを落ち着かせる為に、瞼を閉じてあの優しい笑顔を思い出そうとしても、なぜだか上手くいかなかった。

第二章　運命に抗う強さ

本日の授業もつつがなく終わり、私はサナ達と共に木陰に行くことにした。最近はめっきり暑くなり、半袖のシャツを着ていてもじんわり汗が浮かぶ。

それをハンカチでとんとんと拭いながら、高い位置で輝いている太陽を見上げ、眩しさに目を細めた。

「サナ、昨日貴女が言っていた……」

「あ！」

他愛ない会話を交わしている最中、彼女が突然声を上げる。そしてなぜか、さっと私の目の前に立った。

「アリスティーナ様、あちらへ行きませんか⁉」

「どうして？　木陰は向こうなのに」

「私、どうしてもあちらへ行きたいのです！」

彼女は笑みを浮かべながらも、どこか焦っているように見える。ちらりと視線を向こう側に移した私は、そういうことかと納得した。

必死に背伸びをして両手を振り回し、私の視界を覆い隠そうとしてくれる彼女には悪いけれど、しっかりと見えている。私達が進む先には、あの二人がいるのだということが。

「ありがとう。だけど私はもう平気よ」

「アリスティーナ様……」

心配そうに瞳を揺らす彼女の肩をぽんと叩くと、堂々と胸を張り前に進んでいく。

私はもう、何があっても揺らがないと誓ったのよ。ユリアン様の気持ちも、自分自身の感情も、誤魔化すことを止めるのだと。

もしもチャイ王女が根っからの悪魔だったとしても、私は正々堂々と戦うだけ。昔と同じ轍(てつ)は、二度と踏まないんだから！

……なんて、本当はユリアン様の隣にチャイ王女がいるのが、ほんの少しだけ気に入らないのだけれど。

相変わらず、彼女が引き連れている護衛の人数には目を見張るものがある。私は穏やかな表情を心掛けながら、綺麗なカーテシーで挨拶をした。

「ご機嫌いかがですか？　ユリアン殿下、チャイ王女殿下」

「あら、クアトラ様。ごきげんよう」

チャイ王女は余裕たっぷりに、ふんわりと可愛らしく微笑む。

「貴女も涼を求めてこちらへ？」

「ええ。建物の中よりもずっと過ごしやすいですから」

上っ面の言葉を交わしながら、私はユリアン様に視線を向けた。

いつもと同じように、彼の表情筋は仕事をしていない。端整な顔でこちらを見つめ、神秘的なグレーの瞳に私を映していた。

どうしてかしら、何かがおかしい気がするわ。きっと他の人は気付かないでしょうけれど、私には分かる。だって、ずっと彼の隣にいたんだもの。

「ユリアン様。お顔の色が優れないように見受けられるのですが、ご気分が悪いのですか？」

「貴女がやってきたせいじゃないかしら」

くすくすと笑うチャイ王女に苛立ちを覚えながら、落ち着け落ち着けと呪文のように唱える。

「普段と様子が違います。暑さにやられてしまったのでは」

先ほどから何も答えない彼の顔を覗き込んだ瞬間、私は言葉を失った。

美しい彼の瞳が、まるで雷雨間近の曇天のように暗く濁っていたから。

「アリスティーナ。君もスロフォン王女と同じように、時を遡っているの？」

「……っ！　ど、どうしてそれを……」

彼の言葉を聞き、心臓が止まってしまいそうなほどの衝撃を受ける。けれどよくよく考えてみれば、ユリアン様を私から奪おうと画策するチャイ王女が、この事実を彼に話さない理由などどこにもなかったのだ。

信じる信じないの問題ではなく、彼女の目的は私を焚き付けること。そうして、以前と同じシナリオを辿らせようとしているのだろう。

「私は……」

きっといつかは知られてしまうと、覚悟はしていたつもりだった。けれど実際は、想像の何倍もの動揺に体が震える。

ユリアン様のことを、心から愛してしまった。外見や地位だけではなく、彼自身が好きなのだと認めてしまった。それ故にダメージは計り知れず、私の心が叫ぶ。

もしも彼がチャイ王女の言い分を信じて、私を軽蔑し離れていってしまえば、それは処刑よりもさらに辛い悲劇だと。

全ては因果応報であり、自分がしでかしたことの報いは、こうしてきっちりと返ってくる。

ドス黒い感情を必死に抑え込もうと、私は胸元に手を当てる。大きく息を吐き出してから、ゆっくりと口を開いた。

「貴方がチャイ王女から聞き及んだことは、紛れもない事実ですわ」

ああ、これで全ては終わるのね。だって私は、人殺しも同然の人間。性格が悪いで済まされる話ではないのだから。

出来ることなら、何も知らないままでいてほしかった。私に笑顔を向けてくれた、悪戯好きの優しいユリアン様のまま。ずっと二人で、幸せに生きていきたかった。

チャイ王女さえ、いなければ。心の深い闇の中で、もう一人の私がいまだ叫んでいる。幸せを邪魔する者は要らない、消してしまえば良いと。これまでずっとそうしてきたのだから、これからも同じことをすればいいと。

そんな考えに囚われそうになった時、今の私の頭の中には、必ず浮かんでくる顔がある。リリやサナ、学園で知り合った数々の人達や、家族。

そして、今目の前にいて泣き出しそうな顔で私を見つめている、世界で一番大切な人。

もう、自分さえ良ければいいとは思わないし、思えない。浅はかな行動が周囲を傷付けるのなら、私はそれを我慢したいと思う。人は一人では生きられないと、ようやく学ぶことができたのだ。

私を見つめるグレーの瞳がいつ嫌悪に歪むのかと考えると、今すぐにでも視線を逸らしてしまいたくなる。けれど私はそれをせず、輝く太陽の眩しさに負けぬよう、ぐっと顎を上げた。

「以前の私は、擁護のしようもない自分勝手な愚か者でした。嫉妬心に負け、チャイ王女にとても酷いことをしました。ですから、恨まれて当然なのです」

「アリス……」

「けれど、責めを負わなければならないのは私一人。ユリアン様や私の友人に手を出すことを、黙って見過ごすわけにはいきませんわ」

ユリアン様に向けていた視線を、チャイ王女に移す。ざまあみろと言いたげな表情を見据えながら、感情に身を任せてしまわないよう、拳をグッと握り締めた。

「あら、弁明しなくていいのかしら？　私が、私に都合良く真実を曲げて伝えているかもしれないのに」

「弁明はしません。貴女を傷付けたことは事実です」

「そんな殊勝な態度を取っても、どうせ頭の中は自分のことでいっぱいなんでしょう？　裏でユリアン様に泣きついて、同情を買おうとしているくせに」

そうね、確かにその手もありかもしれないわ。だって今のユリアン様は、チャイ王女よりも私の言葉を信じてくださるに決まって……。

ああ、もう！　さっき威勢よく責めを負うと言ったばかりじゃない！　アリスティーナのバカ！しっかりしなさい！

「とにかく、貴女が私以外の人間に危害を加えないと約束してくださるのなら、この身はどうぞお好きになさってください」

「アリス……っ！　君は何を」

「お一人で抱え込もうとしておられたのでしょう？　ユリアン様はいつも、肝心なところは私に話してくださらないのですから」

間に割って入ろうとする彼に向かって、私は静かに微笑んだ。心の中はどろどろとした感情でいっぱいだし、恐怖や苛立ちで頭がどうにかなってしまいそう。

だけど、絶対に負けるものですか。

「これが私の意思であり、嘘偽りのない本心ですわ。チャイ王女」

今度こそ、私は私に勝ってみせる。

「……ふざけないでよ」

地を這うような低い声。それが、彼女の潤った小さな唇から紡がれているなんて、誰にも信じられないだろう。

「自分だけ生まれ変わって、良い子になったつもりなの？　反省すれば、過去の過ちがなかったことになるとでも？」

「チャイ王女、私は……」

「黙りなさい！　貴女の言うことなんてこれ以上聞きたくないわ！」

チャイ王女は金切り声を上げながら、憎々しげに私を睨めつける。離れた場所で心配そうにこちらを見つめていたサナ達や、チャイ王女の護衛がぴくりと反応を示す。

彼女は周囲など全く目に入っていない様子で、ただ私だけを見つめている。心底、殺したいと憎悪しているかのように。

「そうやって……そうやって私だけを悪者にするつもりなのね！　全部全部、貴女が悪いのよ！　貴女のせいで、あの人は……っ」

「……それは、もしかして」

「許さない！　絶対に許さないから！！」

今にも私を刺し殺しにきそうな雰囲気は、妖精と謳われる彼女とはまるで別人だった。

それでも、厭悪に歪むその碧色(あおいろ)の瞳が一瞬泣いているように揺れたのは、気のせいではない気がする。

チャイ王女の言う『あの人』とは、私が以前ターナトラーさんから聞いた話に出てきた、彼女の幼馴染みに違いない。

暴漢に襲われ、若くして命を落とした可哀想な伯爵家の令息。その方の母親がチャイ王女の乳母であった為に、二人も小さな頃からとても仲が良かったらしいと言っていた。

そんな人が突然いなくなったら、心が壊れても当然かもしれない。元から『悪魔』だったのではなく、耐えきれない哀しみのせいで変わってしまったのだとしたら……。

以前のチャイ王女は本当に、私を救うつもりだったのかもしれないと、初めて素直にそう思えた。

「そんな顔で私を見るのは止めてくださる？　貴女に同情されるなんて、吐き気がするわ」

彼女は憎々しげにそう言うと、くるりと背を向ける。片手を上げた瞬間、待機していた護衛達がすぐにこちらへやってきた。

「私の目的はただ一つ。貴女の心を壊すことよ、アリスティーナ」

「そんなことは絶対にさせない。アリスは僕が守ってみせる」

「まあ、素敵だこと。全てを忘れている人は気楽で良いわね」

馬鹿にしたようにくすくすと笑うチャイ王女は、どう見てもユリアン様に気があるとは思えない。

彼を奪うというのは、やはり私への復讐という目的が強いのかもしれない。

「貴女も、その良い子ぶった態度がいつまで続くか、見ものだわ」

これ以上は無駄だと言わんばかりに、彼女は護衛を連れて去っていく。怒りに燃えた瞳でその背中を追いかけようとしたユリアン様の腕を、私はしっかりと掴んだ。

「どうして止めるんだ……っ」

「しっかりしてください。貴方は一国の王子というお立場です。ただの口論が、国を揺るがす事態に発展しかねないと自覚してください」

私の言葉に、ユリアン様の体から力が抜ける。いつもの凛とした表情はなく、まるで縋るようにこちらを見つめた。

「アリス……」

「ここは目立ちます。あちらへ移動しましょう」

私が手を引いても、彼は大人しくついてくるだけ。人気のない場所へやって来ると、私は側のベンチに座るよう彼を促した。

「まず、改めて私から説明させてください。なぜ記憶とは別の過去があるのか、私とチャイ王女の関係についても。そして、私が犯した罪を告白いたしますわ」

「……分かった」

震える手を後ろに隠して、私は過去を回想する。こうして思い返すだけでも動悸が止まらなくなるのに、それを大好きなユリアン様に話さなければならないなんて、心臓が抉り取られるように痛んだ。

ところどころで言葉に詰まりながら、私は自身が処刑される最期の日までを、洗いざらいユリアン様に打ち明けた。

今彼がどんな顔をしているか、とても見ることなんて出来ない。

「チャイ王女の真意は量りかねますが、私が真性の悪魔であったことは事実です。もしもユリアン様が婚約解消を望むのであれば、私は……っ」

涙で視界が歪むのを必死に耐えていた私を、ユリアン様が力いっぱいに抱き締める。一瞬何が起こったのか理解が追いつかず、ただ身を委ねることしか出来なかった。

「ユ、ユリアン様……っ」

「嫌だ！」

急なことに慌てふためく私を他所に、彼は掠れた声を上げる。滅多に聞くことのない、性急で弱々しい音色。

「アリス、どうかお願いだから僕の側にいて。離れていかないで。君がいなくなったら僕は……」

「ちょ、ちょっと落ち着いてくださいませ！　どうしてそういう話になるのですか！」

彼の腕からプハッと顔を出し、上目遣いに視線を向ける。キラキラと輝くグレーの瞳には、うっすらと涙が滲んでいるようにさえ見えた。

「だって過去の僕は、君を見捨てたことになる。処刑されるアリスを助けることもせず、ただ黙って」

「そもそもユリアン様は、こんな話を信じてくださるというのですか？」

「そう考えたら、全部合点がいくんだ。アリスは小さな頃からずっと、突然怖がったり泣き出したり、僕を遠ざけようとしたり。自分は幸せになる資格がないと、何かに脅迫されているみたいだったじゃないか」

そうだ。私は先ほどユリアン様の異変にすぐ気付いた。反対に、彼が私の変化を見逃すはずもない。それくらい、私達は長い時間を共に過ごしてきたということなのだ。

「最初から、僕は君に愛されることなんて出来なかった。君の痛みも何も知らずに、のうのうと側にいて、自分だけが辛いような顔をして……」

「い、いいえ。それは仕方ないですわ。ユリアン様には以前の記憶が残っていませんし、察しろというにはあまりに荒唐無稽な話ですもの」

そう諭してみても、彼はいやいやと首を振るばかりで、ちっとも耳を貸してくれない。私から体を離して、しょんぼりと俯いている。

「虫のいいことを言っているのは分かってる。でも僕は、アリスのことが好きなんだ。君がこの先、僕以外の誰かと一緒になるなんて耐えられない。その可愛らしい声で他の男の名を呼んで、潤んだ瞳で他の男を見つめて、他の男の為に可愛らしく頬を染めて、細くて長い指を他の男の手に絡めて、それから他の男と……」

「ああ、もう！　長ったらしくて聞いていられませんわ！」

ウジウジした態度の彼に、つい口調を強めてしまった。そういえばユリアン様って、意外とこういうところのある方だったわ。飄々（ひょうひょう）としているように見えて、実は自信がないというか、卑屈というか。

だけど考えてみたら、私だって同じよね。以前は平気で他人を蹴落とす悪役だったと知られたら、絶対に嫌われてしまうと思っていたもの。

「思いきり逆です！　幻滅されるのは、貴方ではなく私に決まっています！」

「どうして？　僕が君を嫌いになるなんて、そんなことあるはずがないのに」

先ほどとは違い、さも当たり前のように口にする。今度は私が、ぶつぶつと自嘲気味に呟く番だった。

「そんなのおかしいです。だって、私は世界中から疎（うと）まれていた性格最悪の人間なのですよ？　たまたまやり直せたからといって、本質はそう簡単には変わらないと思いますわ」

「そうかもしれないけど、必死に抗おうとしているじゃないか。僕はそんな君が好きだし、誰よりも魅力的だと思ってるよ」

柔らかく目を細めて、愛おしげに私を見つめる。自分のことになると卑屈なのに、私に関してはどうしてそんなに自信たっぷりなのかしら。ユリアン様はいつもそうだわ。

そっと彼の指先に触れると、予想外だったのか大げさなほどにびくりと反応を示した。

「だったら、私だってそうです。確かに最初は、頑張ってもなかなか良い子にはなれないし、断罪を回避する為には、ユリアン様やチャイ王女に近付かないことが一番だと思ったから、そうなるように行動していましたけれど」

「……アリスは、僕との婚約をあまり喜んではいなかったよね」

ユリアン様が哀しげに瞳を揺らすから、堪らなくなってキュッと手に力を込める。握り返してほしいのに、彼はそうしてくれない。

「私がどれだけ距離を取ろうとしても近付いてきて、性格が悪いだのなんだのと、人の心の傷をぐさぐさと抉って。そのくせ、そこが好きだとか意味の分からないことばかり言うんですもの！　性格の悪さが良いだなんて、物好きにもほどがありますわ！」

「ごめんね、アリス。僕は……」

「もう無理です。今さら、どれだけ嫌だと言われても、やっぱり貴方から離れることは出来ません。こんなにも好きで、愛おしくて、ユリアン様の為ならどんなことだって乗り越えられると、心が勝手に頑張ろうとするのですもの」

ああ、ダメだわ。泣かないと決めていたのに、頬に温かな感触が伝わってくる。流れた涙が、繋いでいる私達の手の上にぽたりと落ちた。

「私の願いは変わりました。自分の為だけではなく、貴方と生きていく為の努力をしたいと」

「アリス……」

「私達は、互いに想いを伝え合った仲ではありませんか。他の誰かとなんて、そんな想像はあんまりです……っ」

そう口にした瞬間、ユリアン様が再び私を抱き締める。先ほどよりもずっと強く、けれど優しくて温かい。

「ごめんアリス。僕が悪かったから、そんな風に泣かないで」

「ふ……っ、うう……っ」

「信じてなかったわけじゃない。ごめんね、もう二度と言わないよ」

「や、約束ですよ？　破ったりしたら、承知しませんからね！」

ぐすぐすと泣きながら怒る私の頭を、ユリアン様が優しく撫でる。制服が汚れてしまうからと体を離そうとしたのに、ビクともしなかった。

「ありがとう。君に叱られて目が覚めたよ」

「べ、別に叱ったつもりはありません！」

「僕の可愛いアリス、もっと触れてもいい？」

「ダメですっ‼」

もっとって、これ以上くっつきようがないじゃない！　ひとりぼっちの小動物みたいな瞳で私を見つめていたくせに、いつの間にか小悪魔に戻っているわ！

「いい加減に離れてくださいませ！」

「嫌だ、僕の好きにしていいって言った」

「そこまで言っていませんから！」

ぐいーっと思いきり両手を伸ばして、彼の体を突っぱねる。必死だったから忘れていたけれど、ユリアン様とこんなに密着しているなんて、顔から火が出てしまいそうだわ。

「と、とにかく。チャイ王女の件は私に任せていただけませんか？」

気を取り直して、ユリアン様に進言する。途端に、彼の表情が心配そうに曇った。

「彼女の様子はどう見ても普通じゃなかった。そんな相手と一人で戦うなんて、とても了承出来ない」

「一人ではありません。危ないと判断したら、必ず貴方を頼ります。それにご存じの通り、私って負けず嫌いな性分なのです。言われっぱなしは性に合いませんから、今度会ったら正々堂々と文句をぶつけてやりますわ！」

一国の王女に対して、なんたる不敬な態度。けれど今は私達以外に誰もいないから、少しくらい良いわよね。

「ははっ、やっぱり君は性格が悪い」

「まぁ、ユリアン様！　その台詞、これで三度目です！」

「よく覚えているね」

ふん！　と鼻を鳴らしながらも、ユリアン様が笑っていることに、私は内心安堵の溜息を吐いたのだった。

チャイ王女の宣戦布告から約十日が過ぎ、事態はすっかり彼女に有利な方向に傾いていた。私が嫉妬に駆られてチャイ王女を姑息な手段で苛めていると、学園内はそんな噂で持ちきりとなった。

「やっぱり思った通りだわ。あの方ならやりそうだもの」

「公爵という身分を鼻にかけて私的な下僕を作って、やりたい放題だったもんな」

「妖精のようなスロフォン王女に、彼女が敵うはずないのよ。ストラティス殿下も、裏では王女にすっかり骨抜きだという話よ」

アリスティーナ・クアトラが悪で、チャイ・スロフォンが正義という構図が、彼女の手回しによって確立している。

元々遠巻きに怖がられていた私の評判をさらに落とすことなど、造作もないことなのだろう。

公爵令嬢であり第二王子の婚約者という立場がある為に、表立って非難は出来ない。けれどチャイ王女が味方とくれば、彼女の方が明らかに身分が上であり、擁護という名目も立つ。その後ろ盾の下、あからさまに私を馬鹿にするような視線が増えたのだった。

「アリスティーナ様は、誰かに危害を加えるような方ではないわ！　ただほんの少し不器用で、恥ずかしがり屋さんなだけよ！」

「裏でこそこそと人を苛めるなんて、そんなことあり得ない！」

「そうよ！　アリスティーナ様は、いつも堂々とされている素敵な方だわ！」

サナを筆頭に、いつも側にいる令嬢達が声を張り上げて私を擁護してくれた。けれど、そうすると王女の息のかかった生徒が彼女達に危害を加え始めた。

根も葉もない噂を流したり、身分差を盾に脅したり、私物を壊し、隠して笑うなどという、非常に幼稚で悪質な嫌がらせ。

どうやらチャイ王女は、私以外には手を出さないでほしいという願いを聞き入れる気は、さらさらないらしい。

本来ならば今すぐにでも「私の友人に手を出すな」と暴れてしまいたかったけれど、それでは彼女の思う壺。私はサナ達を呼び出すと、わざと冷たい言い方で苦言を呈した。

「金輪際、私の擁護をお止めなさい。貴女達自身だけでなく、家にまで迷惑をかけることは許されないわ」

「アリスティーナ様……」

「私のことを想うのなら、お願いだから言う通りにしてちょうだい」

悔しいと言いながら私の為に涙を流すサナを見て、堪らない気持ちになる。彼女の頬をハンカチでそっと拭いながら、心の中で感謝の言葉を口にした。

「こんなのは間違ってる。被害者はアリスなのに、どうして君が加害者扱いされなきゃならないんだ」

ユリアン様は、これまで見たことがないほどに憤慨し、殺気立っている。けれど私の意見を尊重し、グッと堪(こら)えてくださっている。

「一番注意を払わなければならないことは、私ではなく貴方の身の安全です。今のチャイ王女は、何をしでかすか予想がつきませんから、ユリアン様はご自分を優先させてください。このくらい、私は痛くも痒(かゆ)くもありませんもの」

ユリアン様は私の手を強く握り、何度も何度も首を横に振る。哀しそうなその顔を見ると、こちらまで辛くなってしまう。

以前ならば、自身の悪評が立つと腹が立って仕方がなかったし、この私に逆らう者は徹底的に潰してやると、そんな考えしか頭に浮かばなかった。

けれど、今は違う。私の行動が、そのままユリアン様やサナ達の評価に繋がるのだ。それ見たことかと言われない為には、衝動的な行動は控えなければならない。

「なんだかとっても大人になった気分だわ」

「この状況でそんな発言が出来るなら、少しは安心かな」

「この私を誰だとお思いですの？　悪く言われるなんて、今さら慣れっこですわ！」

あまり威張れることでもないのだけれど、今はこれで良しとしておきましょう。

「しばらく、一人で行動いたします。その方が互いの身を守ることに集中出来ますし、折を見てもう一度、チャイ王女と話し合う機会を設けますから、その時にはユリアン様にも同席をお願いいたしますわ」

「君を一人にするなんて、物凄く気が進まないんだけど」

「お父様に護衛を増やしてくださるよう手紙を書きました。近日中にはこちらに到着するでしょうし、心配は無用です」

それに、ずっと心の中に何かが引っ掛かっている。まるで、刺さったことにすら気付かない小さな小さなバラの棘（とげ）のように。

——貴女のせいで、あの人は……っ！

あの時の悲痛な声と、涙を堪えるような表情が頭から離れない。チャイ王女が、本当に性根からの悪魔なのかそうではないのか、それを確かめなければならないと思ってしまう。だって争うことは簡単だけれど、それでは元の木阿弥というもの。

以前「貴女を助けたのは同情だ」と言われた時は、物凄く腹立たしかった。見下されているようで、感謝の気持ちなどこれっぽっちも浮かばなかった。

けれど、私が今こうしてユリアン様と心を通わせられているのは、彼女の力のおかげに他ならない。どんな理由であれ、それは紛れもない事実なのだ。

「他人の考えていることを慮（おもんぱか）るって、とても難しいわ。というよりも、無理だわ」

結局のところ、いくら考えてもそれは想像の域を出ない。まどろっこしいやり方は私の主義ではないし、やはりもう一度直接話をするより他はない。

サナ達ともユリアン様とも距離を取り……と言っても、特にユリアン様は納得していらっしゃらないけれど、私一人の方がチャイ王女に近付きやすいもの。

あのずらりと並ぶ護衛達の後ろにいる彼女に、どうやって話しかけようかしら。もういっそ、決闘でも申し込んでみようかしら。考え込みながら歩いていると、周囲の生徒たちの話し声が聞こえてくる。

「見て、アリスティーナ様お一人だわ。とうとう見捨てられたのかしら」

「格下貴族相手に憂さ晴らししているところに、いちいち話しかけてきてうんざりしてたんだ。これでせいせいするな」

「学園から去るのかしら。私が同じ立場だったら、恥ずかしくてとても外を歩けないわ」

これみよがしに私の悪口を囁いている生徒達に、腹が立つったら。見てなさい、チャイ王女の件が片付いたら、お父様に頼んで貴方達の家なんてめちゃくちゃに潰して……。

って、ああもう！　私ってばなんて意志薄弱なの！　あんな人達には、好きに言わせておけば良いのよ！

内心腑（はらわた）の煮え繰り返る思いだったけれど、私は努めて涼しい顔を崩さなかった。チャイ王女はそれが気に入らないのか、嫌がらせがますますエスカレートしていく。対話を試みようとするもなかなか叶わないまま、時間だけが過ぎていった。

「一人って、こんなに暇だったかしら」

人目につかない中庭の奥で、ベンチに腰掛けボーッとしている。なんだか今日はやけに静かで、それが逆に落ち着かない。

根も葉もない噂のせいで私は孤立してしまったわけだけれど、チャイ王女がそれ以上何かを仕掛けてきそうな雰囲気は、今のところ見られない。彼女が本気を出せば、私の罪をでっち上げてこの学園から追い出すことも、簡単に出来るでしょうに。

「護衛を増やすようにお父様にお願いしたのは、杞憂だった……？」

明日には学園に到着するだろうと、先に手紙の返信が来ていた。相変わらず私には甘いけれど、チャイ王女がユリアン様の婚約者の座に収まろうとしていることを、果たしてクアトラ家の人間達は知っているのだろうか。

「あら、こんにちは」

ふと私の耳に、鈴を転がすような声が響く。そちらに視線を移すと、チャイ王女が可愛らしくこちらを見つめていた。

「……チャイ王女殿下。ご機嫌麗しく、本日もご健勝で何よりでございます」

「堅苦しい挨拶はいらないですよ？　私と貴女の仲ではないですか」

ここ最近とは打って変わり、機嫌よさそうににこにこと微笑んでいる。そんな彼女を見て、私の胸がざわざわと不穏に騒めきはじめる。だってどう考えても、この態度はおかしいもの。何か企んでいるとしか思えない。

いつもはあんなに引き連れている護衛達も、目に見える限りは一人もいなかった。

「ねぇ、クアトラ様。言ったわよね？　貴女にも、私と同じ思いを味わわせてあげるって」

「……それは、私の頭に花瓶を落とすということですか？　それとも、階段の上から突き落とすと？」

訝しく思いながら答えると、チャイ王女は楽しげに笑った。

「そんな馬鹿なことはしないわ。だって意味がないじゃない。怪我をしてもいつかは治るし、命を奪っても私に得はないもの。もっともっと、貴女が一番苦しむことがしたいの」

「……私が一番苦しむこと？」

「そうよ。もっと言えば今の貴女が、ね」

遠回しな言い方が頭にきたけれど、言葉の意味を理解した私は瞬時に体を震わせる。

最も恐れているのは、嘘で陥(おとしい)れられることでも、孤立させられることでも、殺されることでもない。それよりももっと、彼女が確実に私の心を壊す方法が一つだけある。

「……ユリアン様」

彼の名前を呟きながら、ハッとして目を見開く。チャイ王女の唇がにんまりと弧を描いたのを見て、思わず立ち上がった。

「ようやく気付いたの？　貴女って、あまり頭が回らないのね」

「ユリアン様に手を出したら許さないと言ったでしょう⁉」

「……もう、遅いわ」

ぽつりと呟くチャイ王女に掴みかかろうとして、私は踵(きびす)を返した。こんな女に構っている暇はない。わざわざ言いに来るなんて、もしかしたら罠かもしれないけれど。

「それでも良いわ、この目で確かめるだけよ！」

嵐の前の静けさだったのか、あれだけ凪いでいた空が、みるみるうちに雨雲に覆われていく。そんなことを気にする余裕もなく、私はチャイ王女に一瞥(いちべつ)をくれると、弾けるようにそこから駆け出したのだった。


「はぁ……はぁ……っ」

人目も気にせず学園中を走り回る私は、いくつかある庭園の一つでやっとユリアン様の姿を見つけることが出来た。ここには目立つ花や木陰もない為に、人気がなくいつも閑散としている。

「ユリアン様――っ！」

小さな浅い池の向こう、こちらからは背しか見えないけれど、あれは間違いなくユリアン様だ。彼に向かって思いきり叫んでも、なぜだか反応がない。

「どうか返事をしてください！」

普段滅多に大声など出さない為に、喉がびりびりと痛む。けれどそんなことはお構いなしに、何度も彼の名を叫んだ。

そして次の瞬間、ゆらりとユリアン様の体が揺れる。てっきりこちらを振り返るのだと安堵した私は、次の瞬間あまりの衝撃に息をすることも忘れた。

彼の体は大きく傾き、そのままゆっくりと地に伏してしまったのだ。

「そんな……、嘘でしょう⁉」

私は髪を振り乱しながら駆け出すと、躊躇(ためら)うことなく池に入り込む。バチャバチャと音を立てながら、一心不乱にユリアン様の下へと向かった。

「これは……」

彼の肩がべっとりと血に塗れており、側には一本の矢が転がっていた。悲鳴を上げる自身の口を手で押さえつけながら、それを足で遠くへ蹴飛ばす。

本来ならば、体に刺さった矢を抜けば大量出血を引き起こす為、そのままにしておくのが最善。にもかかわらず、ユリアン様が自身で彼がこれを引き抜いたのならば、もしかすると毒が塗られていたのかもしれない。

慎重に彼を仰向けにすると、耳を近付け呼吸の有無を確かめる。まだ息はあるけれど、今にも事切れてしまいそうなほどの弱々しさに、私の体が震える。思わず視線を落とすと、彼の手に何かが握られていることに気が付いた。

「これは何かしら……」

ところどころが血に濡れた白いハンカチ。いや、きっと元々綺麗だとは言い難かったように見える。年季の入った、拙い(つたな)ミモザの花が刺繍されたそれは、幼い頃私が初めて彼に贈ったプレゼントだった。

——ありがとうアリスティーナ。ずっと大切にするよ。

そう言いながらはにかむ、幼き日の彼の姿が浮かんで、ぱちんと消えた。

「ユリアン様……お願いどうか、ああ神様……っ！」

ハンカチを握っている彼の手を上から握りながら、私はぎゅうっと唇を噛み締めた。

騒ぎを耳にした学園の守衛が駆けつけ、その後すぐにユリアン様の護衛達もやって来る。ただでさえユリアン様についている護衛は普段から数が少ないのに、なぜ彼を一人にしてしまったのかと、責める気持ちを必死に押し殺し、私は冷静に状況を説明した。

「ストラティス殿下が、何者かに暗殺を謀(はか)られた」

「毒矢を使われたようで、今は昏睡状態に」

「殿下はあらゆる毒に対し、ある程度の耐性を身につけておられるはずだ。それが全く意味をなさないということは、新種の毒を使われたということか」

ユリアン様が奇襲されたことは、学園中を震撼させた。誰もが恐怖に震え、彼の無事を願う。そして、いまだ側に潜んでいるかもしれない刺客の存在に戦慄していた。

「……ふふっ。騒がしいこと」
喧騒を耳の端で聞きながら、私は一人優雅に午後のティータイムを楽しんでいる。
今頃はクアトラ公爵令嬢が、冷たく転がるストラティス殿下の亡骸(なきがら)を抱え、私をさぞ憎らしく思っていることだろうと、その光景を想像すると胸がすっとする。
これこそが私の悲願であり、たった一つの生きる希望だった。それが達成された今、この世界には何の未練もない。

「それにしても、あんな汚らしいハンカチがなぜそんなに大切だったのかしら。私にはちっとも理解できないわ」

クアトラ公爵令嬢は、ストラティス殿下や自身の取り巻き達と距離を置いていた。私から守ったつもりなのだろうが、それはとんだ勘違い。ほしいのは彼女の命ではなく、彼女が最も大切にしている者のそれなのだから。

クアトラ公爵令嬢と会えなくなったストラティス殿下は、あの鉄仮面が見事に崩れ憔悴していた。彼自身に恨みはないけれど、目的遂行の為には仕方ない。

ある日、人目のつかないベンチに座り手の中にある何かをひたすらに眺めている彼を偶然見つけ、私は背後からそれをパッと取った。

「何これ、ハンカチ？　王族の持ち物にしては随分と古くて汚れていますね」

何の気なしにした行動だったけれど、彼にとってそれはただの布切れではなかったらしい。

「……今すぐにそれを返してください。他人の物に許可なく触れるなど、王女の振る舞いとは思えない」

明らかに憤慨しているその様子を見て、私はピンと閃いた。これはきっと、クアトラ公爵令嬢からの贈り物なのだと。

真っ白だったであろう生地は黄ばみ、おそらく彼女が幼い頃に施した花の刺繍は、美しいとは言い難い。それでもストラティス殿下は、まるで会えない寂しさを埋めるように、このハンカチを見つめていた。それほどまでに、想いの詰まった宝物。

「これを返してほしいのなら、後日私が指定する場所まで来てください。もちろん、お一人で」

「……貴女はどうしてそこまで、アリスティーナに拘るんだ」

「あら、過ぎたことは水に流せとでも言うつもり？　それとも大切な婚約者の為に、私を殺してみる？」

ハンカチをひらひらと振りながら、彼を挑発する。本当は今すぐにでも私に飛び掛かりたいだろうに、それをしない意気地なし。

私は違う。ミアンの為なら、誰を何人犠牲にしても構わない。

「そんなことをしても、アリスティーナは喜ばない」

「……綺麗ごとなんていらないわ。それでは殿下、後ほどお手紙を差し上げますね」

くるりと背を向け、私は歩き出す。ストラティス殿下は必ず言うことを聞くと、確信していた。

それは裏を返せば、己に降りかかる危険よりもクアトラ公爵令嬢を大切に想っている証拠。考えれば考えるほど、平常心を失いそうだった。

私は護衛に命令し、人目につかない場所の木の枝にハンカチを引っ掛けた。案の定、彼はのこのこと一人でやって来て、必死にそれを取ろうとしている。その隙を狙い、学園に潜り込ませた刺客に彼を毒矢で射殺せと命じた。

本当は最後まで見届ける気だったけれど、どうしても耐えられなくなった私はその場から立ち去り、決して学園の外に逃げることなく、あえて人目の多い中庭のテラスへとやって来た。

実際目にしていないけれど、どうやら計画は成功したらしい。事件を知った生徒達の騒めきや悲鳴が、やけに遠くに聞こえた。

ふいに私の手から、ティーカップが落ちる。それはテーブルの角にぶつかり、甲高い音を立てて、周囲に破片を撒き散らした。

「あら……？　おかしいわね」

カタカタと小刻みに震える両手を、抱き締めるように胸元に当てる。手の甲をガリガリと掻きむしりながら、ぶつぶつと独り言を繰り返した。

「これで良いのよ。ミアンの仇を取ることが出来たのだから……っ」

全ては、自分が選択したこと。アリスティーナ・クアトラに復讐する為には、ストラティス殿下を奪うのが一番だった。

後悔の念など、微塵も感じていないはずなのに。

「止めて、止まって、止まるのよ！」

自分の意思とは関係なく溢れてくる涙を、私はただ必死に拭い続けた。


「ユリアン様の容体は？」

「矢毒の回りが非常に早く、脈も呼吸も弱まっております。意識も混濁しており、このままでは

「……」

「そんな……っ」

学園に常駐している医師は、宮廷医師に比べればお飾りのようなものだ。それでも、王族が通っているからと以前よりも態勢は整えられている。さらに腕利きの医師を呼ぶには、圧倒的に時間が足りなかった。

「我が国には存在しない毒物を用いられている可能性が、非常に高いです」

「……やっぱりあの女の仕業なのね」

ぽつりと呟いた声は、誰にも届かない。診察台に乗せられているユリアン様の顔色は青白く、生気も感じられない。これだけ短時間でここまで症状が悪化するなんて、よほどの毒であるに違いない。

明確に犯人が特定できていても、今彼女を問い詰めたところで解毒方法を素直に教えてくれるはずがない。尋問している時間が無駄になる。

私には解毒の知識なんてないけれど、宮廷医師が到着するまで手をこまねいているだけなんて、そんなのは絶対に嫌。何か少しでも、ユリアン様を助ける為に出来ることはないかと、涙を堪えながら必死に頭を働かせた。

「そうだわ……もしかしてあの方なら……！」

ふとある人物の顔が浮かび、私は弾かれたように走り出す。この行動が本当に正しいのかどうかは分からないけれど、とにかく今は出来ることをやらなければ。絶対に、彼を死なせたりはしない。

医務室を飛び出した私は、髪を振り乱しながら必死にターナトラーさんを捜した。彼は運良く大学の研究室にいて、私のただならぬ様子にすぐ気が付いてくれた。

「ク、クアトラ嬢⁉　そんなに慌ててどうされたんですか⁉」

どうやら、ここにはまだユリアン様の一件は伝わっていないらしい。息をするのも絶え絶えに、私は彼に縋りつきながら事情を説明した。

「そんな、殿下が……っ」

「矢に塗られた毒を特定出来なければ、彼は助からない。薬草の知識に明るい貴方なら、と……」

「僕なら……」

普段ずり下がっていることの多い眼鏡のブリッジを、ターナトラーさんは指でグッと押さえつける。使命感に満ち溢れた表情で立ち上がり、白衣の襟を両手で引き締めた。

「分かりました、すぐに殿下の下へ行きましょう。その前に、薬草畑で解毒作用のある薬草を幾つか採取して、あとこれとそれと……。ああ、教授にも連絡しましょう！　きっと力を貸してくれるはずです！」

鞄がパンパンになるほどにあれこれ詰め込む彼を見て、全身の力が抜ける。ターナトラーさんには素晴らしい知識があるのに、私には何もない。ユリアン様がこんな目に遭ったのは、間違いなく私のせいなのに。

「クアトラ嬢？　どうかされました？」

「……もし」

モタモタしている場合ではないと、頭では分かっている。分かっているのに、足が震えて立つこともままならない。

「もしこのまま、ユリアン様が助からなかったら……私は……私は……」

目の前がぐにゃりと歪み、視界が霞む。そんな私の双肩に、ぽんと温かな掌が乗せられた。

「殿下がクアトラ嬢を遺していなくなるなんて、そんなことは絶対にありえません！　誰よりも一番、貴女が信じて差し上げなくては」

「ターナトラーさん……」

「ほら、急がないと！」

顔を上げると、眼鏡の奥の濃紺の瞳に私が映っているのが見えた。情けなく顔を歪めて、床にへたり込んでいる。

「……そうね、そうよね！　こんな私を見たら、ユリアン様に笑われてしまうわ！」

勢いよく立ち上がり、右手の拳を突き上げる。

「さぁ、行くわよターナトラーさん！」

「ええ、行きましょう！」

先ほどまでの感覚が嘘のように、目の前が開けている。彼に助けられたことを心の中で感謝しな

がら、私達は力強く研究室を飛び出したのだった。

ターナトラーさん指揮の下、思いつく限りの植物を引っこ抜き、二人で泥だらけになりながら必死に薬草をかき集めた。

とにかく全力で走った私達は、息も絶え絶えになりながら再びユリアン様の下へと戻ってきた。

「はぁ……はぁ……っ、殿下は……ストラティス殿下はどちらに……っ」

ターナトラーさんも同じように息を切らし、髪は汗で額に張りついている。それでも眼鏡の奥の濃紺の瞳は、強い意志に満ちていた。

医師達は私とターナトラーさんの制服が泥に塗（まみ）れていることに非常に驚きつつも、彼の話に真剣に耳を傾ける。私は頬についた泥をグイッと手の甲で拭い、彼らに向かって深々と頭を下げた。

「不潔でしょうから私は下がっています。ユリアン殿下を、どうかよろしくお願いいたします」

去り際、医師達の間からちらりと見えた彼の瞼は、いまだ固く閉じられている。必ず、再びあの美しいグレーの瞳が見られると信じ、私は静かに医務室を後にした。

その後、ターナトラーさんや彼の尊敬するスロフォンの薬学教諭の知恵のおかげで、ユリアン様は奇跡的に一命を取り留めた。予断を許さない状況ではあるものの、あのまま命を落としてしまわなくて良かったと、私は心から安堵する。

明日になれば腕利きの宮廷医師達も到着し、彼の治療はより手厚いものになるだろう。

「殿下に射られた矢毒を特定することが出来て、本当に良かったです」

「ターナトラーさん。貴方にはなんてお礼を言ったらいいのか……」

いつの間に着替えたのか清潔な衣服に身を包んでいるターナトラーさんが、目をまん丸にしてぶんぶんと頭を振る。医師達に混ざり彼も尽力してくれたと聞き、私は心の底から感謝した。

「頭を上げてください！　僕は、僕にできることを全うしただけです！　我が国の王子を助けたいと思うのは、当然のことですから！」

ターナトラーさんは胸の前で両手を振りながら、恐縮したような表情を浮かべている。そんな彼を見て、私は柔らかく微笑んだ。

「貴方がいなければ、ユリアン様の命は危うかったかもしれない。きっと国の英雄になるわ」

ターナトラーさんは、丸い眼鏡の奥に光る綺麗な瞳を、まっすぐ私に向ける。

「ストラティス殿下を救ったのは、間違いなくクアトラ嬢です。その称号に相応しいのは、僕ではなく貴女だ」

「……私はただ、泥水に塗れただけよ」

「それだけ殿下の為に尽力したという証ではないですか！」

あの時は、ただ夢中だった。ユリアン様がこの世界から消えてしまったら、今の私はきっと生きていけない。

それこそがチャイ王女の望みだと、どうしてもっと早く気が付けなかったのだろう。

「私は、そんな高尚な性分ではないわ。プライドが高くて見栄っ張りなだけの、ただの悪役よ」

「いいえ。僕には、貴女がどんなことでも乗り越えられる力を持った、素晴らしい女性に見えます。きっと一番それを理解していらっしゃるのは、殿下ではないでしょうか」

ふわふわとした髪が、風に弄ばれている。穏やかに細められた瞳を見つめながら、私もほんの少しだけ表情を和らげた。

「もうすぐ、夜が明けますね」

「ええ、そうね……」

漆黒だった空が薄らと白みはじめるのを見つめながら、自分がこれからどんな選択をするべきなのかを、頭の中でゆっくりと考えていた。


ターナトラーさんと別れた後、私はユリアン様のいる医務室へと足を運んだ。個室へ移された彼は、真っ白なシーツに包まれて眠っていた。微かに上下する胸を見つめていると、鼻の奥がツンと痛む。

「時間が経つにつれて、容体が安定しております。これも、迅速な毒の特定が功を奏したおかげでしょう」

「そうですか。本当に良かったです」

常駐医師と二、三言交わした後ほんの少しだけ二人きりにしてほしいと頼むと、彼は恭しく頭を下げ、出ていった。

私は静かな足取りでユリアン様に近付き、身を屈めて両手で彼の手を包み込んだ。

「貴方が無事で良かったですわ……。私の方が、心臓が止まりそうな思いでしたのよ？」

話しかけても、当然答えは返ってこない。けれど、握った手が温かいというたったそれだけで、私はこの世の全てに感謝したい気分だった。

「さぞお辛かったことでしょう。本当に、よく頑張られましたね」

もしも彼が死んでいたら、私はどうなっていたのだろう。短剣を手に持ち、そのままチャイ王女目掛けて思いきり振り下ろしていたかもしれない。今だって、床に伏しているユリアン様を見ていると、心の底からどろりとした感情が湧き上がってくる。

彼をこんな目に遭わせたあの女に、相応の報いを与えなければ気が済まないと、もう一人の私が金切り声を上げている。

「けれど貴方は、きっとそんなことは望まないのでしょうね。冷たく見えて、意外とお優しい方ですもの」

これまでのことを思い出すと、自然と頬が緩む。ユリアン様と過ごしてきた毎日が、走馬灯のように私の頭の中を流れては消えていった。

「素直になれなかったけれど、本当は幸せでしたわ」

嫌がる私を追いかけ回してはちょっかいをかけ、満足そうな顔をしていた意地悪な人。私は、そんな彼にいつも救われていた。

良い子になりたくてもなれないジレンマを抱えながらも、ここまで踏ん張って生きてこられたのは、ユリアン様という存在が側にいてくれたからこそ。

ことりと体を倒し、彼の横顔をじっと見つめる。こんなにも間近に温もりを感じるのは久し振りで、痛いほどに胸が締め付けられた。

彼の綺麗な指が私に触れるたびに、まるで火に焼けたみたいに体が熱くなった。恥ずかしさが先に立ち、可愛らしい反応なんてちっとも出来なかった。こんなことになるのならば、もっと早く素直になっていれば良かったと、それだけが心残りだ。

「貴方は素敵な方なのですから、これからはもう少し愛想を良くして、怖がられないように努力してくださいませ」

私は小さく笑うと、ユリアン様の頬にそっとキスを落とした。きっとこれが、最初で最後の口付けになる。

「私をただのアリスティーナとして見てくれて、ありがとう。心から、貴方の幸せを願っております」

出来ることなら、いつまでもずっと側にいたかった。アリスティーナとして、一緒に笑い合いながら生きていきたかった。

けれどもう、その選択肢は選ばない。それは紛れもなく、今の私が決めたことだ。貴方が好きだと言ってくれた、この私が。

「……さようなら、ユリアン様」

私が流した一粒の涙が、ぽつりと彼の頬に落ちる。それがシーツに溢れる前に、私はユリアン様に背を向け医務室を後にした。


かつんかつんと、ヒールの音が耳に響く。必要最低限のものしかない寒々とした空間を見ていると、過去の自分を思い出して無意識に体が震えた。

ユリアン様との別れを済ませた後、私はまっすぐにチャイ王女の下へ向かった。彼女は今、身柄を拘束され、学園地下の簡易的な牢にいる。友好国の王女を裁くことは、一介の公爵令嬢を処刑するよりもずっと慎重でなければならないのだ。

「私がいた牢より、ずっと居心地が良さそうですね、チャイ王女殿下」

特別な取り計らいを受け、私は彼女との面会を許された。側に立つ衛兵に気取られないよう、牢の前にしゃがみ込み声を潜める。

簡易ベッドの上で膝を抱えていたチャイ王女は、ちらりとこちらを一瞥した後すぐに視線を逸らした。

「私を殺しにきたのでしょうけれど、そんな必要はないわよ？　どうせもうすぐ、そうなるのだから」

「まだ、正式な処遇の決定はされていないと聞きました」

「処刑されるに決まっているわ。ルヴァランチアとの争いを防ぐ為、母が私を見捨てることは目に見えているもの。それに何より、私本人がそれを望んでいるのだから」

チャイ王女は、逃げも隠れもしなかったらしい。そもそも、スロフォンの毒を使うということは、自らの犯行だと自白しているようなもの。

彼女はきっと最初から、こうするつもりだったのだろう。ユリアン様の命を奪い、私を絶望の淵に叩き落とした後、自身もこの世から消える。もしかすると、私に殺されることも想定していたのかもしれない。

澄んだ綺麗な声は掠れ、抑揚もない。美しい碧眼(へきがん)は色を失い、無表情のまま虚空を見つめていた。

「……死んだら、それで許されるとでもお思いですか？」

「あら、それは貴女だって同じではないの？　一度だって、私に謝ったことがあった？　ないわよね」

こちらを見ないまま、彼女は淡々とそう口にする。

「ユリアン様が無事一命を取り留めたことを、貴女はご存じですか？」

私の言葉を聞いた瞬間、チャイ王女が驚いたように目を見開いた。

「こんなに早く解毒方法が見つかるなんて、そんなこと……っ」

「私の友人が懇意にしている薬学教授の出身が、スロフォンだったのです。本当に偶然で、幸運なことでした」

先ほどまで虚ろだった瞳が、まっすぐこちらに向けられている。明かり取りの窓から僅かに差し込んだ光が、彼女の横顔をほんの少し照らした。

「目元が赤く腫れていますね、チャイ王女」

「べ、別に腫れてなんていないわ！　適当なことを言うのは止めて！」

チャイ王女は慌てたように、再び顔を背ける。こんな場所では眠れるはずもないと、誤魔化せばいいだけだったのに。

この方は、嘘を吐くことに慣れていないんだわ。

「貴女は私を、ご自分と同じ目に遭わせようとしたのですね」

「わ、私は……っ」

「ミアン・ブライトウェル様は、チャイ王女のとても大切な方だった。そんな彼を失ったから、貴女は変わってしまわれたんだわ」

瞬間、ガシャン！　という金属音が響く。先ほどまでベッドの上にいたチャイ王女が、ふうふうと呼吸を荒らげながら牢の鉄格子を掴み揺らしていた。

可愛らしい顔は憎悪に歪み、憎々しげに私を睨みつけている。

「その名前を口にしないで！　貴女のせいでミアンは死んだのよ！　それをよくも軽々しく……っ！」

やっぱり、そうだったのね。ブライトウェル様の死が、チャイ王女を『妖精』から『悪魔』に変えてしまった。彼女は私のように、根っからの悪役ではなかったというわけだ。

以前の私だったら、絶対に彼女に同情したりはしなかった。処刑は同然の結果だと、鼻で笑っていただろう。

けれど、今は違う。最愛の相手を亡くすということの辛さが、私にも分かってしまうから。だからこそ、この気持ちのやり場が、見つからなかった。

もしも、チャイ王女が本当に悪人だったなら、私だって容赦なく憎しみをぶつけられたのだ。最初から助けてなんて頼んでいない、こんなことになったのは、余計な真似をした貴女が悪いのだと、牢の外から彼女を糾弾したかもしれない。

けれど今は、どうしてもそれが出来ない。大切な人を失った哀しみをどこへぶつけたらいいのか分からず、私を許すことも出来ない。非道な行いをしながら、夜な夜な涙を流して目を赤く腫らしているこの人を、殺したいとは思えない。

「だってユリアン様は、私がそんなことをしたら絶対に泣いてしまうもの」

錆びた鉄格子を強く握り締めているチャイ王女の手の甲は、痛々しいほどにボロボロだった。爪で掻きむしったような跡が無数にあり、それはどう見ても他人から受けた傷ではない。

「貴女だって、そう思いませんか?」

傷だらけのそこに、そっと自分の手を重ねる。彼女がビクッと反応したけれど、私は構わず続けた。

「貴女がこのままこの世界からいなくなった後、もしもブライトウェル様の魂を見つけることが出来たとして、彼は本当に喜ぶでしょうか。よくやったと、頭を撫でてくださいますか？」

「わ、私は誓ったのよ！　彼を奪った貴女に復讐すると……」

「それは心からの望みですか？　そう思わなければ、生きていられなかっただけなのでは？」

残虐非道な真似が、過去の私には出来た。そして、今のチャイ王女にも。決定的に違うのは、その行いを後悔したかしていないかということ。

「貴女と私は違う。ユリアン様を手に掛けようとしたことを、きっと後悔なさっています。こんなことをしてもブライトウェル様は決して喜ばないと、一番理解しているのはチャイ王女でしょう？」

彼の名前を出すたびに、傷だらけの手がピクリと反応する。瞳に色が戻り、美しい双眼がキラキラと輝いていた。

「違う、私は、私は……っ！」

「失った命は、もう戻りません。たとえ私を殺しても、ユリアン様を殺しても、貴女自身を殺しても」

「そんなこと、言われなくても分かってるわよ‼」

ガシャン！　と、再び鉄格子が揺れる。衛兵がこちらに視線を向けたけれど、私は無言で首を振って制止した。

「……笑ってくれないの」

チャイ王女の白い頬に、一筋の涙が伝う。

「私が『こう』なってから、ミアンの笑顔が思い出せない。これが私の望みだったはずなのに、彼が私を非難しているような気がして、怖くて、私……っ」

堰を切ったように、ボロボロと涙が溢れ出す。それを拭おうともしないで、彼女は冷たい床に両手を突いた。

「結局私は中途半端で、どうしようもない愚か者よ！　ストラティス殿下が助かったと聞いて、ホッとしているんですもの笑っちゃうわ！」

「チャイ王女……」

「もう嫌、早く死にたい！　どうしてあの時すぐに、ミアンの後を追わなかったのかと後悔してるの！」

罪悪感でいっぱいで、私のことも憎らしくて、哀しくて辛くて堪らない。触れた手から彼女の痛みが流れ込んでくるようで、私の瞳にもうっすらと涙が滲む。

それを堪えて、唇をグッと真一文字に結んだ。

「バカ言わないで！　貴女が来たって、ブライトウェル様が喜ぶはずないでしょう！　どうしてそれが分からないのよ！」

「分かってるわよ！　優しいミアンは、私がしでかしたことを知ったらきっと泣くわ！　だけど、どうしようもなかったのよ!!」

悲痛な叫びが、牢に木霊する。人目を忍んでここにやって来たことも忘れ、私も負けじと声を張り上げた。

「だったらやり直すのよ！　貴女は私とは違う、誰からも愛される妖精なんだから！」

「そんな名前要らない！　ミアンがいなきゃ、生きてる意味なんてない！」

「そんなことないじゃない!!」

私には、本当の意味でチャイ王女の気持ちを理解することは出来ない。彼女の言う通り、私がバカなことをしなければ、二人は今も笑い合えていたかもしれない。いくら謝ろうと、たとえ命を捧げようと、そんなことには何の意味もない。

「貴女に生きていてほしいと願う人が、きっとたくさんいるわ。妖精なんかじゃなくても、チャイという人間はそれほど魅力的なのよ」

以前の私は、どうしても彼女が許せなかった。だって、勝てるところなんて一つもなかったんだもの。愛らしくていつも笑顔で、私におしろいをくれるような、純粋な心の持ち主。

今この瞬間も、ユリアン様を殺め、私に憎しみを抱かせようとしたことを心の底から悔いているようにしか見えない。

「……アリスティーナ、貴女って私に負けず劣らず大バカだわ」

彼女が、静かに私の名前を呼ぶ。

「このまま私が処刑されるのを、ただ黙って見ているだけで良かったのに。邪魔者は消えて、貴女はストラティス殿下と一緒になれる。ハッピーエンドを迎えられるのよ」

「いいえ、それは無理だわ。貴女を見殺しにしたら、私はこの先後悔する。また子供の頃のように、悪夢にうなされなきゃならない人生なんて、もううんざりなの」

私がそう口にすると、チャイ王女は自嘲気味に笑った。

「貴女にも良心というものがあったのね」

「どうやらそうみたい。自分でもビックリだわ」

「ふふっ、何それ」

涙に濡れた頬を、彼女はグイッと手の甲で拭った。その表情は、もう先ほどのように闇に染まってはいない。

「ごめんなさい、アリスティーナ。謝って済むことではないと分かっているけれど、全部私が間違っていたわ」

「そうね。それに関しては、貴女がここを出たら一発頬を叩かせてもらうことにします」

ふんと鼻を鳴らしながら言うと、チャイ王女はそっと目を伏せる。

「それは叶わないわ。未遂とはいえ、私は第二王子暗殺の首謀者。この命をもって償うより他は」

「まだ手はあるかもしれない」

その瞬間、彼女の目が驚きに見開かれた。

「もちろん確証はないけれど、時が戻ったということは、可能性としてゼロではないような気がするの。上手くいけばもう一度……」

「ちょ、ちょっと待ってちょうだい！」

言葉を続ける前に、チャイ王女がそれを制止した。困惑した表情で、私を見つめている。

「もしかして、貴女……」

「そうです！　一か八か、もう一度力を使ってみれば良いのです！　チャイ王女自身の時間が巻き戻っているのですから、あるいは」

「言いたいことは分かるわ！　分かるけれど理解出来ない！　もしも本当に力が発動すれば、何が起こるか分からないのよ⁉」

私だって、自分の選択がまだ信じられない。アリスティーナは大馬鹿だ！　と、もう一人の自分に肩を揺すぶられているような気分だ。

「上手くいけばそれで良し、いかなかったらその時はまた一緒に考えましょう」

「それで良しって……」

「ああ、もう！　全ては貴女にかかっているのだから、ウジウジしていないでちゃんと力が使えるように念じてくださいませ！」

つい痺れを切らして、大声を上げてしまった。私は自身の口元を手で押さえながら、琥珀色の瞳でしっかりとチャイ王女を見据えた。

「どうせ死ぬ気なら、何だって出来ますわよね？」

「……信じられない」

ちょっと、何もそんな化物を見るような目を向けなくたっていいじゃない。失礼ね。

「貴女の記憶はなくなるかもしれないいし、そもそもそれはまだマシな方だわ。存在自体が消えたり、もしかしたら昆虫や魚に生まれ変わってしまうかも……」

「そ、そんな想像は止めてくださるかしら。悪役でも構わないから、次の人生も人間が良いわ」

ふと私達は視線を合わせ、ふふっと微笑み合う。チャイ王女の頬は涙に濡れていたけれど、どこか吹っ切れたような雰囲気だった。

「アリスティーナは本当に変わったのね。まぁ、良い子とは言い難いけれど」

「もう諦めましたわ。私ってば、どうあっても完璧な公爵令嬢ですもの。それを否定したり謙遜したり出来ませんし、したくもありません」

「はいはい、貴女は完璧ね」

呆れたように溜息を吐くチャイ王女を見て、私はむう……とむくれる。

彼女はもう一度鉄格子を掴むと、澄んだ碧眼をキラキラと輝かせながら、こくりと力強く頷いた。

私も先ほどと同じように、そこにそっと自身の手を重ねる。

「じゃあ、行くわよ、アリスティーナ」

いつの間にか呼び捨てにされているけれど、不思議と嫌な気はしないわ。

「あ、待ってください！」

グッと手に力を込める彼女を止め、私は深々と頭を下げた。

「あの時、一方的な嫉妬で貴女を傷付けてしまったことを、深くお詫びいたします、チャイ王女殿下」

初めて会った時とは、全く違う感情が胸に広がる。本当に嫌いで忌々しくて、心の底から羨ましく思っていた人。

「ただ一人のチャイとして、私は貴女を許します。だけど私も、ここから出たら一発頬を叩かせてもらおうかしら」

「……ふふっ、望むところですわ」

互いに見つめ合い、同じタイミングで目を瞑る。触れているチャイ王女の手に、だんだんと熱が込められていくのを感じながら、どうか彼女が幸せになれますようにと、心からそう願う。

いいえ、やっぱり私も幸せが良いわ。神様、私達二人分の幸せをお願いいたしますね。

「……ありがとう、アリスティーナ」

遠のいていく意識の中で、穏やかな彼女の声を耳元で聞いた気がした。

第三章　新しくて懐かしい世界

——とても体が重い気がする。指一本動かせないし、頭がぼんやりとしていて働かない。そんな意識の中で、温かな何かが私に触れている気がする。それから、懐かしい匂いも。

これはきっと、優しくて愛しい私の大切な……。

「……ス……リス……アリスティーナ!!」

何度も何度もしつこいほどに名前を呼ばれ、私はゆっくりと瞼を開いた。急に光を取り入れた瞳は驚き、視界がぼんやりと霞む。

「ああ、アリス……良かった……っ」

一番最初に目に映ったのは、神秘的なグレーの瞳だった。ユリアン様は私の手をしっかりと握っていて、綺麗な顔は涙で濡れている。辛そうにぎゅうっと眉根を寄せ、ただ私だけを見つめていた。

「指先が動いた気がしたから、もしかしたらと思って……」

「ユリアン様……」

からからに乾いた唇で、彼の名を紡ぐ。ユリアン様はさらに表情を歪めて、私を優しく抱き締めた。

「私は一体どうしてベッドの上に？　それにここは……」

「学園の特別医務室だよ。君はもう、十日以上も眠ったままだったんだ」

「十日⁉　私十日も眠っていたのですか⁉」

一生懸命体を起こそうとしても、上手く力が入らない。ユリアン様に支えてもらいながら、ようやく上半身を起こすことが出来た。

「ユリアン様、目を覚まされたのですね……！　貴方の命が助かって、本当に良かったですわ……」

まさか、もう一度彼に会うことが出来るなんて。無意識の内に瞳が潤むのを、私は何度も瞬きを繰り返し必死に耐えた。

巻き戻ったらもう二度会えないと、覚悟を決めた。ユリアン様は、ターナトラーさんや医師達の手によって助かったことも、ちゃんと分かっていた。それでもこうして、彼の健勝な姿を目の当たりにすると、どうしても涙が溢れてくるのだった。

「……嫌な夢でも見ていたのかな。僕はこの通り元気だから、安心して」

「そう、ですわよね。ええ……理解していますわ」

ユリアン様は、何のことか分からないといった表情で、宥めるように私の背中をさする。

それにしても、背中が痛い。頭もまだぼうっとするし、それに喉が渇いたわ。

まさか、十日も寝たきりなんて。チャイ王女と一緒に力を使おうとしたところまでは覚えているのだけれど、それから先がハッキリしない。

状況からして力の行使には成功したようだけれど、辺りを見回してもチャイ王女の姿はなく、私の脳内は一瞬にして不安でいっぱいになった。

「チャイ王女は、チャイ王女の身は無事ですか？　彼女はちゃんと生きていますわよね？　処刑なんてそんな酷いこと、なさっていませんわよね？　どうなんですの、ユリアン様‼」

力の入らない手で彼の両肩を鷲掴みにすると、ガクガクと前後に揺らす。ユリアン様は豹変した私の様子に驚きながら、されるがままに髪を振り乱していた。

「アアアアリス、ちょっと落ち着いて脳が揺れるから」

「そんなの無理よ落ち着けないわ！　チャイ王女は無事なのかと聞いているのです、早くお答えください！」

「ととと取り敢えず手を止めて」

ユリアン様から手を離すと、彼は頭を押さえながら何度も瞬きを繰り返した。

「アリスの言うチャイ王女って、確かスロフォン王国の王女の名前だよね？　第三王女だったっけ？」

「違います、彼女は第四王女ですわ」

「そうなんだ？　知り合いでもないのに詳しいんだね」

いまだに頭を押さえたまま、ユリアン様は不思議そうな顔をしている。今確かに、彼は『知り合いでもないのに』と言ったわよね？　一体、何がどうなっているというのかしら。

「そんなことより、今は君の体が最優先だ。すぐに医師を呼んで……」

「それこそどうでも良いです！　この状況を詳しく説明してくださいませ！　さあ、早く！」

「な、何がどうなっているんだ……？」

　ユリアン様は困惑した様子だけれど、気にしている余裕なんてない。彼は私に急かされるまま、幼少期から現在に至るまでを事細かに教えてくれたのだった。


　結論から言うと、チャイ王女はこの学園に『来ていない』ことになっているらしい。ユリアン様が嘘を吐いているようには見えないし、そもそも彼はぴんぴんしているから、本当のことなのだろう。今の私は十五歳で、悪評もそのまま。鏡を見ても、子供の姿ではない美しいアリスティーナが映っていた。

　何故か突然倒れて十日も眠り続けていたらしく、ユリアン様はずっと側についていてくれたらしい。医師達もお手上げで、呪いの仕業なのではと神官まで呼んで、祈りを捧げていただいたとのこと。

　眠っている間にひたすら祈られていたなんて、想像すると少し複雑な気持ちになるわね。だけど、それくらい心配してもらえたということは、素直に嬉しい。

「ユリアン様」

「うん、何？」

「私のこと、お好きですか？」

今度は何を言い出したかと、彼が呟き込んでいる。私だけが必死で、琥珀色の瞳をウルウルと潤ませた。

「ねぇ、私のこと好き？　愛している？　性格が悪いところも可愛いですか？」

「ちょ、ちょっと待って！　隣国の王女について聞かれたと思ったら、これまでの思い出を全部話せと言われて、次は愛の言葉なんて。もしかして、何か脳に異常が……」

「失礼な！　私はいたって正常ですわよ！」

ふんすと鼻を鳴らしながら唇を尖らせる私を見て、ユリアン様はふっと笑みを溢した。

「ごめんごめん。極度の恥ずかしがり屋な君にそんなことを聞かれたから、少し動揺してしまったんだ」

彼はそう言って私の後頭部に手を回すと、互いの額をコツンと合わせた。

「もちろん、僕は君のことが大好きだよ。この世界で一番愛しているし、性格の悪いところも個性だと思ってる。とても可愛いよ、僕のアリス」

「あ、ありがとうございます……」

ふしゅう、と頭から発火してしまいそうになったので、顔を逸らそうとする。けれどユリアン様はそれを許してはくれず、至極にこにこしながら私を見つめていた。

「もう分かりました！　充分に分かりましたから！」

「いいや、まだだよ。君が眠っている間、僕がどんな気持ちでいたか。もっとよく顔を見せて？

君の体温を感じたいし、ちゃんと息をしているのか確認させて」

「むむ無理ですダメです近過ぎますぅーっ!!」

力が入らないせいでされるがままなのが、さらに羞恥心を煽る。目覚めて早々こんな風に触れ合うなんて、心臓が幾つあっても足りないわ！

「……君は絶対に死なないって信じてたけど、それでも怖くて堪らなかった」

先ほどまで戯れのような空気を纏っていたユリアン様が、ぽつりと呟く。私に触れている手が微かに震えているのに気が付いて、私の胸もギュッと締め付けられた。

「……この私がユリアン様を残して死ぬなんて、あり得ませんわ」

「アリス……」

「貴方のいない世界なんて、まっぴらごめんなんですからね……！」

二度と抱き締めてもらうことは出来ないかもしれないと、覚悟していたつもりだったのに。顔を見ただけで、そんな気持ちは吹き飛んだ。

「ああ。もう。泣きたくなんてないのに……っ」

じわりと視界が滲んで、涙がボロボロと溢れ落ちた。様々な感情が絡まって、上手く言語化出来ない。

「好きだよアリス」

「私も……好きです」

ちゅ、と小さな音を立てて、ユリアン様が私の目元にキスをする。これまでの出来事を思い返しながら、彼の側にいられる幸せを改めて噛み締めた。

十日も眠っていたというのに、私の体は驚くほど回復が早かった。サナや看護人の話によれば、ユリアン様が昼夜問わず面倒を見てくれたから、らしい。その甲斐甲斐(かいがい)しい様子に誰もが深い愛を感じたのだと、なぜか一様に涙ぐんでいた。

そしてチャイ王女のことは、私以外誰の記憶にも残ってはいなかった。

目を覚ましてから数日後には、もう寮の部屋に戻っても差し支えないほどに回復していたけれど、ユリアン様の強い希望でもうしばらく医務室で過ごすことになってしまった。

「だって、寮の部屋に僕は入れないから」

彼は悪びれる様子もなく、にこにこしながらそう口にする。

「私は元気になりましたから、これ以上お世話をしていただかなくても結構です！」

「酷いな、アリス。僕から楽しみを奪うつもりなんだ」

「意味が分かりません！」

ユリアン様は私が倒れてからというもの、より一層べたべたと甘やかすようになった。初めのうちは、私も彼を失わなくて済んだ喜びからそれを受け入れていたのだけれど、それにしても限度というものがある。

このままでは、私の心臓は間違いなく働き過ぎて止まってしまうだろう。

「はい、あーんして」

ユリアン様はベッドの脇に腰掛け、一口大にカットしたリンゴが刺さったフォークを、私の口元に差し出す。見目麗しい男性の満面の笑みなんて眼福でしかないのに、ユリアン様に至ってはチラチラ小悪魔が顔を出しているように見えて仕方ない。

私を困らせて楽しむなんて、悪趣味なところはちっとも変わっていないんだわ！

「私、自分で食べられますわ」

「いいから、遠慮しないで」

距離が近いせいで彼の匂いまで感じてしまうし、グレーの瞳は相変わらず綺麗でつい魅入ってしまうし、何よりこの『好きで好きで堪らない』というオーラがもう無理だ。恥ずかし過ぎて、今すぐ穴に入って顔を隠したくなる。

「じ、自分で食べますってば」

「リンゴみたいに紅い頬っぺたが可愛いね」

「もう嫌、止めてぇ！」

頭を抱えながら叫ぶ私を見て、ユリアン様が楽しそうに喉を鳴らした。

チャイ王女の件がなくなり、彼への恋心を抑制する必要がなくなった今、私の心にもストッパーが存在しない。無意識に抱きついてしまいそうで、それもまた恐ろしいのよね……。

だってユリアン様って、とにかく顔が良過ぎるんですもの。普段は無表情でツンとしているくせして、私にはこれでもかというほどに甘いし。

涼しげな目元も素敵だけれど、それがふにゃりと下がるのも可愛らしいのよね。それに、彼が楽しそうに私を苛めるのも嫌いではないというか、むしろ……むしろ……っ！

「嫌あぁ!!　こんなの私じゃないぃぃ!!」

天下のアリスティーナ・クアトラが、リンゴをあーんされて喜んでいるなんて。こんな姿、絶対に誰にも見られたくない。

「……僕のリンゴは食べられない？」

手にフォークを持ったまま、ユリアン様は哀しげにふにゃりと眉を下げて、グレーの瞳を潤ませる。こんな顔で見つめられたら、完全降伏に決まっている。

顔から火が出そうになるのを堪えながら、私は勢いよくパクッとリンゴにかじりついた。

「……甘酸っぱくて、とても美味しいですわ。もう一口、食べたいです」

あーん、と自ら口を開けた私を見て、ユリアン様はなぜかフォークを床に落とした。

「ユ、ユリアン様？　フォークが落ちましたけれど……」

目を見開いたまま固まっていると思ったら、みるみるうちに彼の頬が染まっていく。

どうやら彼は、仕掛けた罠に自らが嵌まってしまったらしい。

「ふふっ、リンゴみたいに紅い頬っぺたが可愛いです」

あまりお目に掛かれない彼の照れた顔を見て、胸がきゅんと反応する。先ほど言われた台詞を返すと、ユリアン様は頬を染めたまま唇を尖らせた。

「……アリスはズルいよ」

「元はと言えば、ユリアン様が先に始められたのですからね！」

「僕はただ、君に早く良くなってほしいだけなのに……」

ユリアン様はやり返されたことが悔しいのか、いまだにぶつぶつと独りごちている。

そんな彼の様子に、たまには素直になるのも悪くないかもしれないと、口元を手で隠しながら微笑んだのだった。


後日、ユリアン様が私の快気祝いの会なるものを主催してくれた。学園の共同娯楽室を借り、色とりどりの花やたくさんの種類の軽食、ずらりと並んだメイド達など、大層立派な雰囲気に少々気圧された。

ありがたいのだけれど、こんなに大々的に私の回復を祝ったところで、大して喜ぶ生徒はいないでしょうに。

聞いたところによると、酷い苛めはしていないにしろ、やっぱり私の立ち位置は高飛車な悪役のままのようだ。

　というより、チャイ王女がこの学園に来てから起きた事柄以外は、やり直し後の人生とほとんど相違ないらしい。私はどこまでいってもアリスティーナのままだし、やっぱり人間そう簡単には変わらないのよね。

　もしも本当に誰も参加者がいなかったら、悔しいから料理もお菓子も全部独り占めしてやる！と考えていた私は、会場のドアを開けて驚いた。

「クアトラ様だ！　回復されて本当に良かった！」

「アリスティーナ様！　私達信じておりましたわ！　貴女様なら必ず目を覚ましてくださると！」

「クアトラ嬢……うぅ……っ、良かった……っ」

　サナを筆頭に、私の取り巻きをしている令嬢達が、瞳を潤ませながら駆け寄ってくる。特にサナは、大粒の涙を流しながら喜んでいた。

　その他にも、ターナトラーさんやオーウェンさん、クリケット嬢やクラスメイトなどなど、たくさんの生徒が私を取り囲む。

　心から祝福してくれている雰囲気が伝わり、思わず私の視界も涙で歪んだ。

「まったくもう、皆さん大げさね。少し眠っていただけじゃないの」

「良かった、以前のアリスティーナ様と全く変わられていないわ」

「それは褒め言葉なのかしら……」

「もちろんです！　アリスティーナ様は私達の唯一無二の主君ですもの！」

サナが天高く拳を突き上げると、他数人の令嬢達も彼女に倣い始める。ありがたいのだけれど、傍から見たらちょっと異様な光景だわ。

「クアトラ嬢……本当に、ほんとうによがっだでずうぅ……っ」

ターナトラーさんは私の前に立ち、えぐえぐと泣いている。眼鏡が曇ってビチョビチョになっているけれど、彼はそんなこと気にもしていない様子だった。

私はそんな彼を見て苦笑すると、パッと手を取る。ずっとお礼が言いたかったから、ちょうど良かったわ。

「私、心の底から貴方に感謝しているんです。あの時は助けてくれて、本当にありがとう」

「え……？　あ、あああの……僕……？」

ターナトラーさんの顔がみるみるうちに真っ赤に染まり、眼鏡がずるりと滑り落ちてしまった。

彼に記憶がないことは分かっているけれど、どうしてももう一度言いたかったのよね。ユリアン様が助かったのは、ターナトラーさんのおかげだったから。

「これ、落ちましたよ？」

突然横から強引に割り込んできたユリアン様が、にこりと微笑みながら拾った眼鏡を彼に手渡す。

あら、可哀想に。またヒビが入っているわ。感謝の印に、新しいものをプレゼントしましょう。

「アリス、手を貸して？」

「手？」

ターナトラーさんからパッと離れると、ユリアン様は私の左手を握る。しかもそれが、指を絡めるようなものだったからもう大変。

「み、皆さんの前ですよ⁉　一体何をお考えですの！」

「そっか、ごめんね。また後でゆっくり」

「その言い方も誤解を招きますから！」

顔を赤くしながら怒る私を見て、何故かユリアン様は満足そうに笑っていた。

その後も続々と人が集まり、口ぐちに私の回復を祝福してくれた。その中にはもちろん、明らかに方便のような笑みを浮かべる人達もいたけれど、以前のように腹が立ったりしない。まぁ、嫌なのにお祝いの言葉を言わなくちゃいけないなんて貴方方も大変ね、くらいは思うけれど。

以前、私が『おもちゃ』と称して庇（かば）っていた人達は「救世主クアトラ様が無事で良かった」と瞳を輝かせた。何とも言えない複雑な思いを抱えながら、適当に笑ってその場を取り繕う。だって私は救世主なんかじゃなく、自己満足で行動した偽善者だったんですもの。

「クアトラ様、この度はご回復心よりお祝い申し上げます。よろしければ、ぜひこちらを」

いつぞや私の靴箱に間違って恋文を入れた伯爵家の息子オーウェンさんと、その想い人であるクリケット嬢。二人共顔を綻（ほころ）ばせながら、私の下へとやってきた。

「急でしたので、あまり上等なものを取り寄せることが出来なかったのですが……」

「まぁ、これは金細工の髪飾り？　とても綺麗だわ」

確かクリケット子爵家の領地は、定期的に装飾品の卸売市が開かれることで有名だったはず。わざわざ取り寄せてくれたその気持ちに、胸がふんわりと温かくなった。

「ありがとう。大事にするわ」

そのプレゼントを胸に抱き締めながら微笑んだ私の横に、再びユリアン様が割り込んできた。

「素敵な髪飾りだね。婚約者の僕からも礼を言わせてもらうよ」

「……もう、ユリアン様ったら」

先ほどから、事あるごとに口を挟んでくるのは一体何なのかしら。婚約者、僕だけのアリスと、その辺りを強調されると恥ずかしいから止めてほしいわ。

「……早く二人きりになりたいのに、次から次へと人が来る」

私の前に続く列を見ながら、ユリアン様がげんなりとした様子で呟いた。

「この場を設けてくれたのは、ユリアン様ではないですか」

「それはそうだけど、まさかこんなに集まるとは思わなかったんだ」

「ちょっと、それは聞き捨てなりませんわね」

かなり失礼なことを言われた気がするけれど、しょんぼりと俯く彼を見ていると、自然と頬が緩む。

「もう、仕方のない方ですわ」

誰にも見つからないようこっそりと、後ろ手にユリアン様の手を握る。彼は驚いたようにこちらを見つめた後、幸せそうにふにゃりと笑った。

会も無事にお開きとなり、結局あれだけあった料理もお菓子も、すっかりなくなった。さすがに疲れた私は、娯楽室の適当なソファに腰掛け、ぐったりと背にもたれる。先ほどまで人で溢れかえっていたこの場所も、今はユリアン様と私の二人だけ。

確かに疲れたけれど、悪くない気分だわ。昔の私だったら、もっと豪華でキラキラしたパーティーが良かったと愚痴を溢しそうだけれど、今の私にとってはとても有意義な時間だった。

いつの間にかこの場所には、大切なものがたくさん増えていたのね。

「体が熱いわ……」

普段パーティーの席ではお酒は嗜む程度なのだけれど、今日は気分が高揚しているせいもあってか、少しワインを飲み過ぎた。

「だから何度も言ったのに。飲み過ぎはダメだよって」

「だって、そんな気分だったんですもの」

「回復したといっても、まだ油断はできないんだから。もっと自分を大切にしないと」

小煩（こうるさ）い家庭教師のようにぶつぶつと呟いているユリアン様の手を、私は思い切り引っ張る。

彼は予想外の出来事にバランスを崩し、とさりと私の上に落ちてきた。カウチソファに押し倒されているような格好になり、ユリアン様の端整な顔がぐっと近付く。

「ご、ごめん、アリス。今退くから……っ」

「……嫌です」

ふわふわした気分のまま、両手を伸ばして彼の首にぎゅうっと抱きついた。そのまま犬のように、すりすりと彼に擦り寄る。

「二人きりになりたいと仰っていたでしょう?」

「い、いや、だけど……」

普段涼しげな表情を崩さない彼が、私の前でだけはこうして赤くなる。それがとても可愛くて、もっと腕に力を込めた。

「もう少しだけ、このままが良いです」

「アリス、それはダメだよ」

「本当に?　本当にダメ?」

動揺に瞳を揺らしながら、ユリアン様が私から距離を取ろうとする。それでもなお上目遣いに見つめると、彼は降参したようにぽすっと私の肩に顔を埋めた。

「……ワインの力は凄いな。僕の方が君に酔ってしまいそうだ」

「違うんです。私本当はいつも、ユリアン様に近付きたくて、触れたくて、堪らない気持ちになるんです。恥ずかしくて、つい意地を張ってしまいますけれど……」

きっと、酔いが醒めた時私は後悔することだろう。もしかすると恥ずかしさのあまり、学園の庭に穴を掘って、そのままそこに埋まってしまうかもしれない。

それでも今この瞬間だけは、自分の気持ちに素直でいたい。全部全部、お酒のせいにしてしまえるから……。

「私、これからも頑張るわ。身も心も、貴方に見合う素敵なレディになれるように」

「アリス……？」

もっと強くなりたい。この両手で、大好きな人達の笑顔を守っていけるように。

もちろん、自分のことも大切よ。美しく完璧な公爵令嬢として、私はこれからも我が道を行くわ。皆の力を借りながらね。

「大好きです、ユリアン様」

「僕もだよ、愛しいアリス……」

熱の籠もった瞳が、まっすぐに私を見つめている。彼の顔がだんだんと近付くのが分かって、私は胸を高鳴らせながらゆっくりと瞼を閉じた。

しばらくの沈黙の後、チュッという控えめなリップ音と共に、左の頬に柔らかな感触を感じた。

「僕達はこれからも、永遠に一緒だ」

「……ユリアン様の、意気地なし！」

「え」

とろりとした表情の彼とは対照的に、私は思いきり頬を膨らませている。てっきり、唇にキスをしてくださると思っていたのに！

ぷいっとそっぽを向いた私の顔を、ユリアン様がオロオロとした様子で覗き込んだ。

「だ、だって二人ともまだ学生だし、それに初めてのキスはもっと雰囲気を大切にして……」

「なんですの、その乙女思考は！　ユリアン様なんてもう知りませんわ！」

「そんな、アリス……っ」

頬を染めたまま、至極困ったような顔をしているユリアン様は、本当に可愛らしい。思わず抱き締めたくなってしまうくらいに。

「ふふっ、冗談ですわ。そんなに慌てないでください」

「……アリスは小悪魔だ」

「いつもとほんの少し、立場が逆転しただけです」

アルコールの力がなければ、こんな大胆なことはとても出来そうにない。

私は体を起こして、ユリアン様の耳元に唇を寄せる。

「どんなロマンチックな場所で初めてのキスをしてくださるのか、私、とても楽しみにしておりますわ」

「な……っ！」

ユリアン様の震える声を聞きながら、満足した私は彼に身を預けてゆっくりと瞼を閉じた。

その後しばらくして目を覚ました私は、不幸にもしっかりと記憶が残っていた。用務室から借りたシャベルを手に、園庭に穴を掘ろうと駆け出したところをユリアン様に止められたのは、永遠の秘密にしたい。

第四章　次なる目標と、彼女のその後

季節はすっかり移り変わり、秋の匂いを感じさせる風が吹き始めた今日この頃。私は中庭のベンチに座り、一通の手紙を手にしている。キョロキョロと辺りを見回し、ユリアン様がいないことを確認すると、そっと中身を取り出した。

チャイ王女と再び力の行使を決めたあの日から、私は十日もの間眠ってしまった。落ち着いてからスロフォンに手紙を出し、その返事がようやく今日返って来たのだ。万が一彼女の記憶がないことも考慮して、当たり障りのない内容にしておいた。

「え……、これだけなの？」

一枚の羊皮紙が半分も埋まっていない。本人を彷彿（ほうふつ）とさせる可愛らしい文字で、

『貴女が困っている時はいつでも力になります』

といった文章が綴られている。それと一緒に、スロフォンの王族女性ご用達のおしろいも同封されていた。

「私と同じように、彼女もちゃんと記憶が残っているのね……」

それは、嬉しいようなそうでもないような。彼女にとっては、あまり良い思い出とは言えないもの。私は、全部忘れるとまた極悪人に逆戻りだから、これで良かったのだけれど。

「あの『妖精』は幸せにしているのかしら」

ターナトラーさんから聞いた話によると、チャイ王女に近しい人間が若くして命を落としたという事件は、耳にしたことがないらしい。

ミアン・ブライトウェル様の運命が変わるように、チャイ王女が上手くやったのかしら。だとするなら、やっぱり記憶が残っていたのは幸運だったわね。

あんなに大嫌いだったのに、今は懐かしく感じる。いつか機会があったら、会いにいってみたいと思うくらいには、私は彼女を好意的に見ているらしい。

「アリス、何してるの？」

「ユユユ、ユリアン様‼」

突然背後からポンと肩を叩かれて、私は飛び上がる。慌ててスカートのポケットに手紙とおしろいを押し込み、ニコッと笑顔を作った。

「今、何か隠さなかった？」

「い、いえ？　そんなことはしておりませんけれど？」

勝手に声が上擦ってしまうけれど、とにかく笑顔で誤魔化す。ユリアン様は目を細めて、ジトリとした疑いの眼差しを私に向けた。

「じゃあ、ポケット見せて？」

「ポケットですか⁉　い、嫌です！」

「どうして？」

「どうしてもです！　大体、淑女のポケットの中身を見ようだなんて、はしたないですわ！　女性には女性の『事情』というものがあるのですから！」

今のアリスティーナは、すっかり嘘が下手くそになってしまっている。キッパリした態度で主張すると、ユリアン様はぐう……と押し黙った。やったわ、たまには私もこの方に口で勝てることがあるのね。

チャイ王女と手紙のやり取りをしていると知られたら、経緯の説明が非常に難しい。ユリアン様は私が二度も時間を遡っていることを、もちろん知らないのだから。

……本当にこのまま、黙っていて良いのかしら。打ち明けるメリットはないけれど、以前チャイ王女の口から真実を聞いた彼は、とても傷付いていた。本来なら、婚約者である私からきちんと話すべきなのかもしれない。

けれど、それが本当に正しいことなのかどうか……。

「ああ、もう！」

急に大声を出した私に、ユリアン様がビクッと反応を示す。曖昧に笑って誤魔化しながら、シレッと話題を変えた。

「そういえば、正式に私が生徒会長となることが決定したと、今朝先生からお話がありました」

「ああ、僕のところにもあったよ。君が『会長』、僕が『副会長』で間違いないのかと、何度も確認された」

そう。私はこの度の生徒会選挙で、なんと生徒会長に立候補したのだ。きっかけは、ユリアン様の一言。

下位貴族を上位貴族の嫌がらせから守る為、私的な『おもちゃ』を増やしていたわけなのだけれど、それにも限界が近付いていた。

人数が増え過ぎて覚えられないし、シンプルにユリアン様の機嫌が悪くなる。それが男性だった場合は、特に。

まぁ、単純に何かもっと新しいことをやりたいと思ったのよね。そうしたら、ユリアン様が「生徒会に入るのはどうか」と提案してくださって、今に至るというわけ。

この学園でモノを言うのは、資金力と地位。選挙とは名ばかりの出来レースで、私は簡単に生徒会長になれた。ちょっと複雑だけれど、使えるものは使わなきゃ損よね。

「まさかユリアン様も立候補なさるとは思いませんでしたわ」

「アリスのサポートは僕がしたいから。他の男が君の隣に立つ想像をしただけで、吐き気がしてくるよ」

「まぁ、大げさですこと」

彼の過度な嫉妬は、今に始まったことではない。それに、本人には言わないけれどヤキモチをやかれて悪い気はしない。

周囲から、会長と副会長が逆なのでは？　という疑問の声が上がるのは当然。それでも私は、やると決めたからには中途半端なことはしないわ。

「私は天下のアリスティーナ・クアトラなのだから！」

貴族階級至上主義に塗れたこの学園を、私の手で変えてみせるのよ！

「そうだね、アリスが一番だよ」

「ユリアン様！　あまり甘やかさないでくださいませ！」

調子に乗るとすぐに元通りになってしまうから、気を引き締めていかないと。

気合いを表すように、秋晴れの空に向かって拳を突き出す。ユリアン様はそんな私を見て、いつものことだとでも言いたげに微笑んでいた。


「アリスティーナ様」

その日の放課後、生徒会室へ行く途中に背後から呼び止められ、私はくるりと振り返った。

「あら、ロン。どうしたの？」

「生徒会室へ行かれるのですか？　よろしければ、私も同行させてください」

「ええ、構わないわよ」

ロンは恭しく頭を下げると、一定の間隔を空け私の斜め後ろをついてくる。そんな彼にすっかり慣れてしまった私は、特段気にすることもなく、再び足を進めた。

ロナルド・ヴォーデモン、通称ロンは由緒ある侯爵家の次男。最近ユリアン様の側近候補として選ばれた……というより、彼自ら立候補したらしいけれど、とにかく将来有望な若者でユリアン様信者。

これまで、第一王子であるマッテオ殿下が何かにつけて妨害工作という名の意地悪をするせいで、ユリアン様には正式な側仕えがいなかった。ロンの意志はとても固く、噂ではマッテオ殿下を軽くあしらったとかそうでないとか。

ほんの数週間前にこの学園にやって来たばかりだというのに、私よりユリアン様のことを理解しているような気がするわ。

真面目で寡黙、くすんだ赤髪に同じ色の瞳を持った、私にとっては何を考えているのだか良く分からない男だ。ちなみに彼も、新生生徒会のメンバーである。

「現在ユリアン様は先生に呼ばれておりますが、あと五分程度でいらっしゃるかと」

「別に聞いていないのだけれど」

「ユリアン様は常にアリスティーナ様のお側にいたいと、日頃から仰っております」

……まったく、ロンにまでなんてことを話しているのよ。私の方が恥ずかしくなるじゃない。

斜め後ろから、無表情でずっとユリアン様に関することを喋(しゃべ)ってくる彼にうんざりしつつ、ようやく生徒会室に着いたので、私はホッと安堵の溜息を吐いた。

彼がユリアン様を慕っているのはよく分かるけれど、私にとってはとても疲れる人だわ。

「あ、アリスティーナ様！　こんにちは！」

「ごきげんようアリスティーナ様！」

扉を開けた瞬間飛びついてきたのは、男女の双子・ヘッセ侯爵家のニコルとエリザベッタ。とても可愛らしい顔立ちで、私達の一つ下。

ちなみに、チャイ王女とのごたごたですっかり忘れていたのだけれど、私とユリアン様はこの間無事に十六を迎えた。

二度も時を巻き戻しているせいで、一体自分が今何歳なのか混乱してしまうのは、立派な弊害だと思う。

二人はとにかく、私の容姿が大好きらしく、初対面の時からこんな風に接してくる。

私を追いかけて、金を積んでサナを押(お)し退(の)けて生徒会に入ったくせに、内面はどうでもいいとハッキリ言われ仰天した。けれど、ロンの時と同様今ではすっかり慣れてしまった。

「ニコル様。適切な距離を保ってください」

「ええ～、だって僕とアリスティーナ様はお友達なんですよ？　親愛のハグくらい、いいじゃないですか」

「いけません。ユリアン様が悋気(りんき)されます」

……ロン。そんなキリッとした顔で言っても、要は「ユリアン様がヤキモチやくから止めろ」ってことでしょう。それは言わない方がいいのではないかしら。

「今日もとってもお美しいです！」

「ありがとうエリザベッタ。私も今朝鏡を見てそう思ったわ」

「その高飛車な感じも素敵！」

ニコッと笑うエリザベッタは、ふわふわしていて本当に可愛らしい。彼女と話していると、どことなくチャイ王女を思い出してしまうのよね。内面はあまり似ていないけれど。

「お待たせ、アリス」

「出たわね、最後の曲者（くせもの）」

「うん？　それはどういう意味かな」

ロンとニコルがぎゃいぎゃいと言い争っている中で、シレッとした態度で後ろから私をハグしてくるのは、ユリアン様その人。

これだけアクの強いメンバーが揃っている中でも、やっぱり彼が一番の強敵。何度振り払っても何食わぬ顔で距離を詰めてくるのだから、本当に困った人だ。

いくら待っても静かにならないから、私は諦めて本題に入る。今日はこの新生生徒会が本格的に始動する、記念すべき日なのだ。ちなみに、先ほど名前を挙げたメンバー以外は、普通の生徒ばかりだから少し安心。

「改めてご挨拶させていただくわ。私は三年生のアリスティーナ・クアトラと申します。この学園をより良いものにしていく為に、会長として全力を尽くす所存ですので、どうぞよろしくお願いいたします」

ハキハキとした口調で、堂々とカーテシーをしてみせる。拍手をもらうと、気分が良かった。

「アリスティーナの婚約者、ユリアン・ダ・ストラティスだ。副会長を務める」

うん？　その情報は、一番先に言うことなのかしら？

挨拶も終わり、その後は軽く歓談して解散となった。歩いている私の隣にはユリアン様、そしてその少し後ろにはロンがいる。

「なんにせよ、無事にメンバーが集まって良かったですわ」

「僕は君と二人でも構わなかったけど」

「私が構います！　それでは何も出来ませんもの！」

全く、何の為に生徒会に入ったんだか。

「あの……ユリアン様」

私は立ち止まり、モジモジと言葉を濁す。ずっと言いたかったけれど、恥ずかしくてなかなか口に出せなかった。

「貴方が生徒会に入ってくれたからこそ、人数が集まったのだと思います。私一人ではきっと無理でしたわ。本当にありがとうございます」

「これからユリアン様と一緒に活動が出来ること、とても楽しみです」

ああ、恥ずかしい。けれどこれで良いんだわ。だって、こんな日常が当たり前ではないって私は知っているんですもの。たまにはこうして、思っていることを素直に伝えないと。

「君は本当に不意打ちが上手だね。どれだけ僕を虜にしたら気が済むの？」

「そ、そんな意図はありません！」

紅く染まった頬でこちらに迫るのは止めて！

「生徒会長になったらますますアリスを狙う男が増えそうで、今から気が気じゃないよ」

「ご安心ください。私が秘密裏に処理いたしますので」

ロンが後ろに控えていたことを、すっかり忘れていたわ……。というより、その『処理』という言葉がとても怖いけれど、あまり気にしないようにしましょう。

「さ、さぁ！　早く寮へ帰りますわよ！」

「もう少しゆっくり歩こう。一分一秒でも君と長く一緒にいたいんだ」

「誰なのよ本当に！」

いつぞやもこんな台詞を叫んだ気がする。だって昔と大違いだから、今でも時々脳が混乱する。

「アリス、手を繋ごう」

「ロンの前では嫌です！」

「アリス……」

「私なぞ、その辺の石ころだと思ってください」

真顔でそんなことを言われても無理よ。

「どうしてもダメ……?」

ユリアン様は、私が彼の容姿に弱いということを熟知している。グレーの瞳を潤ませながら上目遣いに見つめられたら拒めるはずがないと、分かってやっているからタチが悪い。

「す、少しだけですわよ!」

紅い顔を見られたくなくて、ぷいっとそっぽを向きながら手を差し出す。ユリアン様は嬉しそうに笑いながら、ギュッと優しく私の手を握った。

生徒会長になったら、まず実現したかったことがある。それは、意見箱の設置だ。私が断罪される前の世界ではユリアン様が生徒会長で、彼がこの案を出したのだ。だから、今生徒会室の前には何も置かれていない。
富と権力を持つ者の意見ばかりが尊重され、弱々しい声は届かず消えていく。まずは、きちんと意見が述べられるような場を設けることが大切だと、私は考えたのだ。
「さすがアリスティーナ様!　素晴らしいお考えですわ!」

私の隣で、サナがニコニコと微笑んでいる。彼女は生徒会に入ることが出来なかったものの、それ以外では常に私の側にいる。他の人には話せないような胸の内も、サナには打ち明けられる。かつては私の侍女だった大好きなリリを思わせる既視感があって、良き友人であり相談相手でもあった。

「だけど、先行きがあまり芳しくないのよね……」

意見箱を設置してから約十日。匿名可能ということもあり、その大多数が否定的な意見ばかりという事態に、私は参っていた。

いいえ、憤ったといった方が正しいかしら。ビリビリに破いてしまおうとしたのを、ユリアン様に止められたくらいだもの。

「例えばそれは、どういった内容なのですか？」

「上位貴族からの不満が多いわ。私がつい虐げられている生徒の味方をするせいで、偽善だとか評価目当てだとか、そんなことばかり書かれているの」

「まぁ……！　それは聞き捨てなりませんわね」

「でしょう？　だから私も、書いた人間を特定して家ごと潰してやろうかとも考えたのだけれど、さすがにそれは自重したわ」

こんなことでいちいち腹を立てていたら、生徒会長なんて務まらない。元々私の立ち位置は悪役令嬢なのだから、マイナスからのスタートになるのは分かっていたこと。

「けれど確かに、これまで好き勝手に出来ていたことを抑制されて、上位貴族の方達は発散の場を失ってしまったのかもしれませんね」

「そもそも、他人を苛めて鬱憤を晴らそうという考えが間違っているのよ」

どの口が言っているのだという意見には、今は耳を塞ぐことにする。

「その通りですが、人の心というものはなかなか杓子定規(しゃくしじょうぎ)にはいかないものです。彼らもまた、家名の重さや両親からの圧に耐えているのでしょうし」

サナの話に、私は真剣に耳を傾けた。なるほど確かに、彼女の意見は的を射ている。

「だったら、そのストレスを別の場で発散出来るようにすればいいってことよね？」

「そうですね。それは効果的だと思います」

「彼らが何を求めているか私には分かるわ！　それは、認められることよ！」

私は自信満々に、ピシッと人差し指を立ててみせる。過去の私がそうなのだから、これは間違いないという自負があった。

「勉強、運動、趣味、なんでも良いわ。褒められたり、価値を評価されたり、金銭のやり取りもありかもしれない。私だって、周囲から称賛されて輝くんですもの！」

「逆に、甘やかされて育ってきた方達には、客観的に自分を判断する機会にもなるかもしれませんし」

「なるほど、そういう発想もあるのね。私にはない観点だわ、さすがはサナ」

そう言うと、彼女は恥ずかしそうにほんのりと頬を染めた。

「ストラティス殿下にはご相談を?」

「したのだけれど、無言で紙を握り潰していらっしゃったわ。私が破ろうとした時は、止めたくせに」

「そ、そうですか……」

ユリアン様は頼りになる人なのだけれど、私のこととなるとすぐ情緒が不安定になるのよね。最近はロンがすぐ秘密裏に処理しようとするから、迂闊なことも言えないし。

「色々な方に意見を伺うのも良いかと思います。アリスティーナ様の為なら、きっと喜んで力を貸したいと思うでしょうし」

サナはサナで、いつも曇りなき目で私を見つめている。彼女も、ちょっと私を美化し過ぎる節があった。

「だけど、そうね。他の方にも意見を聞いてみることにするわ。ありがとうサナ」

「少しでもアリスティーナ様のお役に立てたのなら、光栄です」

以前の私なら、絶対にしなかったこと。自分が正しいと信じて疑わず、上手くいかないのは全て周りが悪いと思っていた。

とても嬉しそうなサナを見つめながら、こんな自分も悪くないと、同じように微笑み返したのだった。

「というわけで！　チャリティーバザーを開催することに決定いたしましたわ！」

生徒会室で、私は踏み台の上に立ちながら、高らかに声を張り上げた。

「いかにもアリスティーナ様お一人でお決めになったような言い方が素敵ね……」

「皆で決めた意見を、前に出てわざわざもう一回叫ぶのもカッコいい……」

双子のニコルとエリザベッタがうっとりした表情でこちらを見つめているけれど、全く褒められている気がしないのはなぜかしら。

「ユリアン様のお知恵を借りましたの。出品物は自由、売上は全て孤児院や王立治療院に寄付すること。その代わり、各分野に特化した方々をお招きして、生徒達の技能や知恵を正当に評価していただくというものです」

「例えば、貴金属の取引を生業とする貴族の令息であれば、有能な職人や商人との繋がりは金銭の報酬よりも価値があるだろう」

「婚約がまだのご令嬢であれば、こうした機会でご令息と仲を深めることも出来ますし」

「品物だけではない。その販促活動や価格の設定、商品の見せ方なども各自で工夫してもらう」

クアトラ公爵家の人脈だけでは、とてもこんな大規模なイベントは実現しなかった。ユリアン様のお力が大きいことは事実だけれど、その他にも生徒会メンバーを始め、サナやターナトラーさん、オーウェンさんやその恋人クリケット嬢にも協力を仰いだ。

「初めての試みですから、当然予期せぬトラブルも起こるでしょうが」

「そこはこの私にお任せください。きっちり迅速に処理いたしますので」

「あ、ありがとう、ロン」

彼の生家であるヴォーデモン侯爵家は、代々王家を護衛する武闘派一族。裏では暗殺や拷問もお手のもの……という噂もある。本当に、ユリアン様の味方で良かったと思える相手だわ。

「主導は高位貴族となりますけれど、出品する品物については関係ありません。不正については生徒会でしっかりと取り締まりましょう」

「お祭りみたいにするってことですよね？」

「そうね、エリザベッタ。ユリアン様のお名前を借りることになるし、大々的に開催した方が良いわ」

私の言葉に、双子が嬉しそうに騒いでいる。

「時間はあるから、しっかりと計画を練りましょう」

「はいはい、私そういうの得意です！　予定やタイムテーブルについては、私にお任せください！」

「あ、ズルいぞ、エリザベッタ！　アリスティーナ様、僕は絵が上手いですよ！」

二人が競うように私に寄って来るのを、ユリアン様が首根っこを掴んで止めた。

「とにかく。これからは忙しくなるから、各自アリスティーナのサポートを頼むぞ」

「もちろんです！」

思っていた以上に生徒会メンバーの反応が良く、内心安堵の溜息を吐きながら気合いを入れ直したのだった。

夕刻まで話し合いは続き、その後の帰り道でも私は興奮気味にユリアン様に話しかけていた。ちなみに、ロンはユリアン様が先に帰したから、今は二人きりだ。

「今から本当に楽しみですわ！　私、こんなにワクワクするのは初めてかもしれません」

「君が喜んでいるなら良かった」

「これもユリアン様のおかげです！」

にこにこしながら彼を見つめると、同じように笑顔を返してくれる。けれどどことなく様子がおかしい気がして、私は足を止めた。

「ユリアン様、どうかされたのですか？」

「別にどうもしないよ？」

「嘘！　十年以上貴方の側にいるのですから、そんな誤魔化しは通用しませんわよ！　さぁ、白状してくださいませ！」

私は、一度気になったら口に出さずにはいられない性分なのだ。相手の気持ちを慮るというスキルは、あいにくまだ習得していない。

「……寂しくて」

「は、はい？」

「君の世界が広がっていくのが、寂しいんだ」

　ユリアン様のヤキモチは今に始まったことではないし、独占したいだの閉じ込めたいだの、物騒な台詞をしょっちゅう口にしている。にもかかわらず目の前の彼は、とても申し訳なさげな顔をしていた。

「アリスが頑張っているのは理解しているし、素晴らしいとも思う。性格が悪いと言いながら、君は確実に前へ進んでる。僕も嬉しいし、応援したい気持ちは嘘じゃないんだ」

「ユリアン様……」

「男のくせにこんな女々しいことを思うなんて、愛想を尽かされても文句は言えないな」

　独り言のように呟いて、自嘲気味に笑う。ここ最近、私は特に自分のことばかりだったと思い知らされ、胸の奥が締め付けられた。

「そんなこと思うはずがありません。前にも言ったでしょう？　貴方のいない世界なんて、まっぴらごめんだと。ユリアン様が望んだとしても、絶対に離れてあげませんからね」

「そんなこと、望むわけがないじゃないか！」

「だったら私達、永遠に一緒です」

　そっと彼の手を取り、微笑んでみせる。

「ユリアン様って案外卑屈ですわよね。私はいつでも自信に満ち溢れていますから、ちょうど良いですわ」

「ははっ、そうかも」

憑き物が落ちたような顔で笑うユリアン様は、世界で一番愛おしい。

「もう、不安はありませんか？」

「うん。ありがとう、アリス」

「では次は、私のお願いを聞いてください」

予想外だったのか、彼が不思議そうに首を傾げた。

「このイベントが無事に成功したら、ユリアン様に聞いてほしい話があるのです」

「今じゃダメなの？」

「今はこちらに全力を注ぎたいので」

本当は、まだ勇気が出せないという理由もある。ユリアン様はどんな私でも受け入れてくれると分かっているけれど、複雑な乙女心というものだ。

「ということで。これでより一層力が入るというものですわね！」

ポン！　と彼の肩を叩くと、非常に微妙そうな顔をされた。

「いや、僕はどちらかというと気が散りそうなんだけど……」

「まぁまぁ、細かいことはよろしいではないですか！　さぁ、もう日が暮れてしまいますし早く帰りましょう。でないと私が、ユリアン様を遅くまで連れ回すなと、ロンに叱られてしまいますから」

ユリアン様は小さく笑って、私の髪を優しく撫でる。

「行こうか、アリス」

「はい！」

どちらからともなく手を繋いで、私達は再び歩き始めたのだった。

その後約二ヶ月掛けて準備は順調に進み、チャリティーバザーがいよいよ翌日に迫った日の夕刻。

私は生徒会室に残していた資料を取りに、薄暗い廊下を一人で歩いていた。ユリアン様や他の生徒会メンバー、それから生徒達も、各自忙しなく準備を進めている。

特にここ数日は、目がまわるほど忙しかった。全てに自信のある私ですら、もう無理かもしれないと半分泣きそうになったほどだ。

その努力も、全ては明日報われる。これだけ皆で尽力してきたのだから、成功しないはずがないわ。

「あら……誰かしら……？」

ひっそりとした廊下に、ぼんやりとした後ろ姿が見える。こそこそと生徒会室を覗こうとしている、怪しげな人物。

「ちょっと貴方。こちらに何か用ですか？」

不審に思い声を掛けると、その人は大げさにビクリと肩を震わせた。

「……もしかして、マッテオ殿下ですか？」

このふてぶてしい仏頂面と輝く金髪は、ユリアン様の兄でありこの国の第一王子であるマッテオ殿下に他ならない。いえ、本当は思い出すまでに少し時間が掛かったのだけれど。

「こんなところで一体何を……」

「う、煩い！　気安く話しかけるな、アリスティーナ・クアトラ！」

不機嫌そうに眉根を寄せて嫌そうに私の名前を呼ぶのは、間違いなくマッテオ殿下だった。王妃様に可愛がられているくせに、ユリアン様に一方的に対抗心を抱いているいけ好かない人。私を愛人にと言ってみたり、ユリアン様を留学させたり、余計なことしかしないから大嫌い。

私達が学園に入ってからは接点がなくなりせいせいしていたのに、生徒でもない貴方が何の目的でここにいるというのかしら。

「ま、まさか……」

チャリティーバザーの件を知って、台無しにしてやろうという魂胆で!?

許せないわ、この男。ユリアン様に何かしたら、絶対にタダでは済まさないんだから。ついでにこの私を愛人呼ばわりしたことも、後悔させてやる。

「マッテオ殿下。今回のバザーには大勢の生徒や教師陣、それに名のある貴族も関わっています。いくら殿下といえども、それに水を差すことは……」

「ち、違う！　勝手に勘違いするな！　相変わらずのバカ女ぶりだな！」

声を荒らげながら私を睨みつける殿下に、呆れてものも言えない。違うと言われても、誰が信じるというのよ。

「では、一体どんなご用件で？」

ジトリと疑いの目を向けると、殿下はうぐ……と喉を詰まらせた。

「用件など……ない」

「やっぱり……」

「だ、だから違うと言っている！　お前は本当に可愛げのない女だな！　大体、誰のせいでこうなっていると……」

そこまで言いかけて、マッテオ殿下はしまったとばかりに、手で口元を押さえた。

「それは一体どういう意味でしょうか」

「べ、別に意味など」

「今すぐここで大声を出して、ユリアン様をお呼びしても私は構いませんが？」

「き、貴様！　この俺を脅すつもりか⁉」

お前だの貴様だの、失礼極まりない人だわ。けれどマッテオ殿下って、この無駄に自信に満ち溢れているところが、昔の私そっくりなのよね。小さな頃は顔も見たくなかったけれど、今はなんだか可哀想にも思えてくる。

「私はただ、マッテオ殿下とお話がしたいだけです。先ほどのお言葉の意味、教えていただけますわよね？」

「……クソッ、とんでもないヤツに見つかってしまった」

ブツブツと文句を垂れながらも、結局教えてくれるらしい。

「アイツが……あの女が様子を見て来いと言ったんだ」

「あの女とは？」

「ウンディーネのことだ！」

ウンディーネ……？　確か、マッテオ殿下の婚約者のお名前がそうだったような気がする。

「ウンディーネ様が、なんと仰られたのですか？」

「アイツが！　ユリアンと和解しない限りは俺と結婚しないと言うから！　だから仕方なく様子を見に来てやったんだ！　何か文句があるのか!!」

「い、いえ。文句はありませんが……」

意外過ぎてさすがに驚きが隠せない。ウンディーネ様といえば、絶大な力を持つ公爵家のご息女でありながら、自己主張が弱く影が薄いという印象しかない。

マッテオ殿下も彼女を軽んじているように見えたのに、まさかそんな方の言うことを素直に聞いているなんて、にわかには信じられなかった。

「そ、そんな顔で俺を見るな！　全部お前のせいなんだからな！」

「ですから、どうしてそういう話になるのですか？」

「ウンディーネの家は、この学園に莫大な寄付をしている。以前アイツの父であるヨーク卿に付き添いここを訪れた際、たまたまお前を見かけたらしい。ウンディーネがすっかりおかしくなったのは、それからだ」

まるで親の仇でも見るかのような目で睨まれても、全く意味が分からないからどうしようもなかった。

「お前、下位貴族を自分の『おもちゃ』だとか言って遊んでいるんだろう？　そんなものは悪趣味でしかないのに、なぜかウンディーネは酷く興奮していたんだ。自分もお前のようになりたいと言い出し、しまいには今の俺には魅力がないなどとのたまう始末。今までそんなことを言う女ではなかったのに、お前がアイツに悪影響を与えたんだ！」

「は、はぁ？　さっぱり理解が出来ませんわ！」

「それは俺の台詞だ、この疫病神！」

な、なんですって⁉　いきなり言い掛かりを付けられたと思ったら、なんて酷い言い草なの！やっぱり大嫌いだわ！

それにしても、ウンディーネ様がそんなことになっていたなんて。もしもマッテオ殿下の仰ることが事実なら、確かにかなり変わったお方だわ。

「ウンディーネ様のご意向をお汲みになるなんて、殿下はお優しいのですね」

本当はちっともそんな風に思っていないけれど。

「べ、別に俺は……ただの気紛れで付き合ってやっているだけだ」

「実はウンディーネ様に叱られるのがお好きだったりして……」

おっと、さすがに言い過ぎたかしら。不敬だなんだと騒がれたら面倒だし、ここは適当に謝罪して……。

そう思っていたけれど、マッテオ殿下の表情を見て驚いた。怒るどころか、真っ赤になって魚のように口をパクパクとさせていたからだ。

「あ、あら？　マッテオ殿下……」

「う、う、煩い煩い！　こっちを見るな！　お前は本当に、周りに悪影響を与える女だな！　反省しろ、アリスティーナ・クアトラ！」

照れているのを誤魔化したいのが見え見えの態度に、思わず噴き出しそうになるのを必死に堪えた。会わないうちに、随分と性格が変わったみたい。

いえ、もしかするとこの方は元々『こういう』性分だったのかもしれないわ。私と同じく甘やかされて育ち、間違いを指摘されたことなんてなかった。それはとても楽だけれど、どこか寂しいような気にもなる。

己が満たされないから、他人を過度に羨ましがる。私はチャイ王女を、マッテオ殿下はユリアン様を。

ウンディーネ様が変わられて、ダメなものはダメと叱ってくれたことが、殿下はきっと嬉しかったのね。

それにしても、いつの間にか他人に影響を与えてしまうなんて。

「私ってやっぱり凄いわ……」

「おい、その自信満々な顔を今すぐに止めろ」

いけない、つい浸ってしまった。んん、と咳払いをして、私は表情を作り直す。

「ではマッテオ殿下は、ユリアン様と和解なさる為にこちらへいらっしゃったと、そういうことですね」

「だから、それも違う！　ただ、愚弟の弱みでも握ってやろうかとだな……」

「もうよろしいではありませんか。私は、今の殿下は素敵だと思いますよ」

叱ってくれたウンディーネ様に感謝した方が良いわ。

「きゅ、急に媚(こび)を売ってくるな！」

マッテオ殿下は怒っているけれど、段々小さな子供のように見えてきた。

「それに、ユリアン様もきっとお喜びになると思います。あの方は初めから殿下と争う気はありませんし、むしろ今回のことがきっかけとなり益々王家が評価された暁には、あの方はそれをマッテオ殿下の基盤として盛り立てるおつもりでしたから」

なんて、そんな話は一切していないのだけれど。嘘もなんとやらというヤツだ。

「そんなはずない！　アイツはこれを自らの功績として、父上に訴えかける気なのだろう！　次期国王に相応しいのは、俺ではなく自分だと！」

「そういった野心があったなら、もっと早く行動に移しているはずです。それに、ユリアン様は副会長を務められております。貴方様から次期国王の座を奪おうと画策するのならば、私に会長職を譲ったりはしないでしょう」

「あ、アイツが副会長で、お前が会長だと……!?」

マッテオ殿下は、あんぐりと口を開けている。あら、知らなかったのね。

「それにユリアン様は、私や殿下のような性分のお方が好きという、少し変わった嗜好をしておられますし」

「どういう意味だ、この」

「お二人はきっと仲良くなれるという意味ですわ、マッテオ殿下」

にこりと微笑んでみせると、殿下はうぐ……と口を噤んだ。

結局マッテオ殿下は折れ、大人しく私と共にユリアン様のもとへ合流した。彼は酷く驚いていた様子だったけれど、私が耳元で事の次第を簡潔に伝えると、とりあえずは納得してくれたようだった。

「マッテオ殿下」

「な、なんだ貴様」

「最初に言っておきますが、アリスティーナは私の婚約者です」

何を言われるのかと身構えていた様子の殿下は、ユリアン様の台詞を聞いて拍子抜けしたように目を瞬かせた。

「お前、意外とバカだったんだな」

「私も、殿下が女性に叱責される趣向をお持ちだとは意外でした」

「な……っ！　お、おいアリスティーナ・クアトラ！　お前、一体どんな伝え方をしたんだ！」

マッテオ殿下は顔を真っ赤にして私を睨みつけたけれど、ちっとも怖いとは思わなかった。

第五章　アリスティーナ、告白する

入念な準備の下で開催されたチャリティーバザー当日。学園内は、かつてないほどの人出で賑わっていた。

招待客以外は入れないようになっているけれど、それにしてもこんなに多かったかしら。警備隊もそれに輪をかけた人数だし、物々しい雰囲気が隠しきれていない気もする。

けれど、こればかりは仕方ないわ。この騒ぎに乗じて犯罪や誘拐でも起きたら、学園だけでなくユリアン様の名前にまで傷が付いてしまうもの。

「生徒会長！　こちらの受領書にサインを」

「生徒会長！　来賓の方の席が足りないらしいのですが」

「生徒会長！　価格設定が曖昧な品物が幾つか見つかりました！　このままではトラブルの原因に」

ああ、もう！　生徒会長生徒会長と、頭がおかしくなってしまいそうだわ！

脳内で何度もシミュレーションを繰り返したけれど、やはり予期せぬ事態があちこちで発生している。

「はいこれ、サイン。纏めておいたから確認してちょうだい。それから席については、担当クラスを決めてあるから問い合わせてみて。価格設定が曖昧なものはどれ？　私が直接確認するわ」

　完璧な公爵令嬢となるべく、日々努力を重ねた。私の欠点は性格のみで、他はそつなくこなすことが出来る。

　出来るのだけれど、量が多過ぎて捌ききれない。他の生徒会メンバーも、各自の仕事で出払っている。

　仕方ないわ。優先順位をつけて、私の許可や確認のいるもの以外は一般生徒にも協力を仰いで、それから……。

「アリスティーナ」

「ユリアン様！」

　あれこれと考えているうちに脳がグニャグニャとこんがらがってしまいそうになる。そんな私の肩を後ろからポンと叩いたのは、この場にいるはずのないユリアン様だった。

「予想以上にバタバタしているね。大丈夫？」

「え、ええ……この私にかかればこれくらい造作もないことで……」

　余裕ぶって長い髪をかきあげようとして、はたと手を止める。嘘を吐いて虚勢を張ったところで守れるのは自身のプライドだけで、何の解決にも繋がらない。

　それに、ユリアン様は私が一人で前に進むことが寂しいと仰っていた。ここで彼に頼らないでいつそうするというの、アリスティーナ。

「実は困っているのです。一人では手一杯で、なかなか思うように進めることが出来ません。ユリアン様もお忙しいのは重々承知しておりますが、どうかお力を貸してはいただけませんか?」

こんな風に素直に誰かを頼ったことが、今までにあっただろうか。眉はふにゃりと下がり、きっと頼りなさげな顔で彼を見上げている。

ユリアン様は微かに驚いたような反応を見せた後、柔らかく目を細めた。

「もちろんだ、アリス。君が僕を頼ってくれて嬉しいよ」

「本当は、情けない私なんてお見せしたくなかったのですけれど」

「情けないとは思わない。それだけ真剣に取り組んでいる証拠だ」

私の頭に優しく掌を重ねると、彼は一瞬で精悍な王子の顔つきに変わる。

「君のことだから、頭の中では算段を講じているんでしょう?」

「は、はい。大体は」

「では、その通りに。アリスティーナは生徒会長権限でしか動かせない事案を優先的に処理して。ここに来る前、予め何人かの生徒に声を掛けておいたから、僕は彼らとトラブルの対処にあたる」

普段あまり声を張り上げることのないユリアン様が、人混みでもよく通る声量で的確な指示を飛ばしている。

生徒会長、そして完璧な公爵令嬢として弱味は見せたくない。そう思っていたけれど、彼は私を一切軽蔑することなく、快く力を貸してくれた。きっと、他の生徒会メンバーや友人達もそうだ。

「……バカげた感情に固執していたのは、私だけだったのね」

ぽつりと呟いた後、グッと力強く拳を握り締める。しっかりと顎を上げ胸を張ると、生徒会長アリスティーナとしての職務を全うすべく、私も前へと駆け出したのだった。


ユリアン様や他生徒の尽力のおかげもあり、何とか目の前の問題ごとは処理出来た。時間が経つにつれて皆段々と慣れてきたようで、接客に精を出す者や交渉能力を発揮する者、裏方で輝く者など、各々が自分に出来ることに一生懸命に取り組んでいる。

そこに貴族間の煩わしいしがらみなど見えず、ぶつかり合い協力し合いながら、この短い時間の中でも確実に各々が成長しているように感じられた。

「とても素敵だわ……」

ああ、これが青春というものなのかしら。キラキラと眩しくて、無意識に胸が躍って、誰彼構わず抱きついて労いたくなるわ。

そんなことをすれば、明日から悪役に加えて痴女という称号まで得てしまうから、自制するけれどね。

「アリスティーナ様！　アリスティーナ様ぁ！」

「あら、サナ。それにターナトラーさんも」

人混みをかき分けながら、二人がこちらに近付いてくる。ターナトラーさんは小柄だけれど、それでも全身をめいっぱいに広げてサナを守っているようだ。可愛らしく見えて、意外と男気もあるみたい。

「お疲れ様です、アリスティーナ様！　バザーは大盛況ですね！」

「お二人共ご苦労様。そうね、この分なら想定していた以上の収益が見込めそうだわ」

「皆クアトラ嬢のことを話していますよ！　鬼のような形相であちこち駆け回って、信じられないスピードで仕事をこなして、まるで人とは思えないって！」

サナもターナトラーさんも嬉しそうにニコニコしているけれど、果たしてそれは喜んでいいことなのかしら……。

「それに普段とは違い、学園全体の空気感というか、何かこう壁のようなものが取り払われている気がします」

サナの言葉を聞いて、私はしっかりと頷く。

「ちょうど考えていたところなの。青春という響きがとても素敵だと」

「青春……確かに素敵です！　愛や恋のあれこれもロマンチックですが、こうして一つの目標に向かい切磋琢磨していく姿も、見ていて思わずじいんとしてしまいます！」

胸元で両手を握りながら焦茶色の瞳を潤ませる彼女に、私も柔らかな視線を辺りに向けた。

「そういえば、二人はなぜそんなに泥だらけなの？」

ずっと気になっていた質問を投げかけると、サナとターナトラーさんは互いに顔を見合わせ、何度も目を瞬かせた。

「本当だ。モラトリムさん泥だらけですね」

「そう仰るターナトラーさんの方が汚れていると思います」

私からすると、ほとんど一緒に見えるわ。

「今日、薬草やそれを加工した品物をバザーに出店していたんです。僕は卒業生なので、モラトリムさんに名義をお借りしました」

「ええ、それは知っているわ」

「思った以上に盛況で、用意しておいた分が予想よりも遥かに早くなくなってしまって。急いで薬草畑に収穫に行ったんです。モラトリムさんは、僕を手伝ってくれました」

「二人で作業した方が早いですからね」

互いに鼻の上に土汚れをつけたまま、照れくさそうに笑っている。

「いつの間にそんなに仲良くなったの？　何か接点があったかしら」

思い当たる節がなかった為、私は首を傾げながら問いかけた。すると何故か、二人の頬が真っ赤に染まる。

「い、いや！　それはなんというか……説明するのが難しいというか」

「共通の『趣味』のようなものがありまして！　そこから自然と顔を合わせる機会が増えたのです」

「へぇ、共通の趣味。それは何？」

「「え!!」」

わ、私、変な質問をしたかしら？　どうしてサナもターナトラーさんも、凄く困った顔をしているの？

「アリスティーナ様見つけたー！」

「ずっとお捜ししてたんですから！」

生徒会メンバーの双子・ニコルとエリザベッタが、まるで頭突きでもするかのような勢いで私に飛びついてくる。急なことに驚いて、思わず悲鳴を上げてしまった。

「心臓に悪いじゃない！」

「えへへ、ごめんなさい」

「私達、アリスティーナ様に早くお会いしたかったんです」

大して悪びれている様子もないけれど、懐かれて悪い気はしないからもう許すわ。

「あ、そ、それじゃあ僕達もう行きますね！　後半も頑張ってください！」

「アリスティーナ様、何かありましたらすぐにお声掛けを！　このサナが飛んで参りますわ！」

「僕も！　僕のことも頼ってください！」

競うようにそう主張した後、二人はとても満足そうな顔で人混みの中へと消えていった。

「ははーん。あのお二人って『そう』なのですね」

エリザベッタが、ニヤリと口角を上げる。

「え？　『そう』って何？　一体どういうことなの？」

「アリスティーナ様の鈍いところも僕は好きですよ！」

「に、鈍いですって？　どういうことなの？　説明してちょうだい」

急に悪口を言われ、ついムッと眉間に皺が寄る。ニコルとエリザベッタは互いに目を合わせた後、私に向かって意地悪そうな笑みを浮かべた。

「どうしようかな～」

「アリスティーナ様の美しいお顔も拝見出来たし、私達もう行こうか！」

「あ、ちょ、ちょっと待ちなさい！　気になるでしょう！　ねぇ、こら！」

クスクスと笑いながら逃げられて、それを必死の形相で追いかける私は、傍から見たら双子に完全に弄ばれているように見えただろう。

「つ、疲れたわ……」

結局、ムダに体力を消耗させられただけだった。最後まで教えてくれなかったし、あの二人、次に見つけたらタダでは済まさないんだからね。

ふんふんと憤りながら足を鳴らして歩いていた私は、突然背後から腕を引かれ、そのまま後ろへバランスを崩した。

「な、何……っ⁉」

もう、今度はなんなのかしら！

「しっ、お静かに、アリスティーナ様」

「ロ、ロン……⁉」

「ええそうです」

私を無理矢理引っ張ったのは、ユリアン様信者のロンだった。冷静沈着、頼れる生徒会メンバーの一人だけれど、ユリアン様のこととなると何食わぬ顔でとんでもない行動を起こしたりするから、少し怖い人物でもある。

いつもユリアン様の斜め後ろにピッタリ張り付いているくせに、一体こんなところで何をしているのだろう。

「あちらをご覧ください」

「あちら……？」

何故か建物の陰に隠されながら、ロンが指差した方向へ視線を向ける。そこには、ユリアン様と知らない誰かが向かい合って立っていた。身なりからして、一目で高貴な女性だと分かる。ここからだとよく見えないけれど、可愛らしい雰囲気のご令嬢だった。

「あの方は西にある帝国の第七皇女様です」

「て、帝国の第七皇女⁉」

そんな貴人を招待した覚えは全くないわ！　いくらクアトラ家やユリアン様の人脈を駆使した

チャリティーバザーだからといって、帝国の皇女が来臨されるような催しではない。

ルヴァランチアよりもずっと強い軍事力を備えているし、付かず離れずの距離を保ちつつ決して怒らせてはならない相手。

「彼女は、ユリアン様に恋をなさっているようです。何らかの手を使ってこの場に参加し、ユリアン様に想いを伝えるおつもりなのでしょう、今まさに」

「そ、そんな……嘘でしょう⁉」

「あちらをご覧ください」

同じ台詞を繰り返さなくたってちゃんと見ているわよ！　つまり私は、最悪の現場に居合わせてしまったということなのね。

「ちょっと、ロン！　ここからでは声がよく聞こえないわ！」

「いけません、アリスティーナ様。これ以上前に出ると見つかってしまいます」

「だっておかしいじゃない！　あの皇女様はユリアン様に婚約者がいるということを知っているのよね⁉」

にもかかわらず、こんな人気のない場所に呼び出して想いを伝えようだなんて、図々しいにもほどがあるわ！

「大体、何故隠れなくちゃならないの？　この私があの方の婚約者なのよ？　邪魔なのは皇女様の方だわ！」

「お声が大きいです。落ち着いてください」

「無理に決まっているでしょう！」

声を荒らげて今にも飛び出していきそうな私を、ロンが冷静に宥める。貴方だってユリアン様信者なら、彼が誰を愛しているのかよく理解しているはず。こういう時にこそいつもの『秘密裏に処理』という技を使わずして、いつ使うというのかしら！

「どうか、ユリアン様のお立場に立ってお考えください。このチャリティーバザーが不評に終われば、一番に責めを負うのはユリアン様なのです」

「それは……理解しているけれど……」

そこを突かれてしまうと、もう何も言えなくなる。私だって、このバザーの重要性は分かっているわ。

ウンディーネ様がマッテオ殿下を手中に収めてくださったことは、予期せぬ幸運だった。後はこのバザーで、王妃であり彼らの母であるカトリーナ様に認められるような功績を残すことが出来れば、ユリアン様のお立場を回復する足掛かりとなるはず。ここで私が全てを台無しにしてしまうわけにはいかないし、そんなことはしたくもない。

「だって、不安なのよ。私は美しく完璧な公爵令嬢アリスティーナだけれど、あの皇女様のような可憐さはないわ。ユリアン様の好みの女性が、本当はああいった雰囲気の方だったら、勝ち目がないもの」

どう足掻いても、私は『妖精』にはなれない。

「アリスティーナ様……」

しょんぼりと俯いた私の頭上から、案じるようなロンの声が降ってくる。

「貴女らしくありません」

「放っておいてちょうだい」

「何も心配なさることはありません。だってほら」

彼がおもむろに、私の頬に手を伸ばす。驚いて顔を上げた瞬間、神秘的なボルドーの瞳と視線が絡み合う。

「ロン……？」

「もう少しです。三、二、一……」

突然のカウントダウンに戸惑っていると、突然誰かに強く腰を抱かれた。

「ロン！　アリスティーナに何をしている！」

「さすがユリアン様。ぴったりですね」

「訳の分からないことを言うな！　返答次第ではお前を……っ」

いつの間に私達に気付いたのか、ユリアン様が凄まじい殺気を放ちながらロンを睨みつけている。

「ユ、ユリアン様⁉」

「アリス、ロンに何をされた？　そんなに哀しげな顔をして」

「ご、誤解です。私は彼に何もされていません」

瞳孔が開いていてとても怖いわ！

「私は偶然いらっしゃったアリスティーナ様と話をしていただけです。表情が暗いのは、ユリアン様と第七皇女殿下の逢瀬を目撃してしまったからでしょう」

「お、逢瀬？　妙な言い方をするな」

「それは失礼いたしました」

こんなにも激昂したユリアン様を前に堂々としていられるなんて、ロンって一体何者なのかしら。

「ロンの言う通りですわ。私は貴方の浮気現場を見てしまったので、とても悲しんでいたのです。彼はそんな私を慰めていただけです」

「浮気現場なんて！　そんなわけないだろう！　アリス、それこそ誤解だ！」

先ほどまでの雰囲気はどこへやら。ユリアン様は困ったようにふにゃりと眉を下げ、上目遣いにこちらを見つめている。

「皇女様が驚いていらっしゃいますわよ。どうぞフォローして差し上げてください」

「ア、アリス。待って、僕は本当に」

「まったく。ユリアン様がなさらないのなら、私がご挨拶に伺いますわ」

チラリと彼を一瞥した後、私は唖然とこちらを見ている第七皇女のもとへと足を進めた。膝を折り、完璧なカーテシーを披露する。

「お初にお目に掛かります、帝国第七皇女殿下。私は、クアトラ公爵家のアリスティーナと申します。図らずもこうして貴女様にお会いすることが出来、大変光栄に存じます」

「あ、貴女がアリスティーナね！　私、ユリアン殿下に一目惚れしてしまったの。悪いけれど、あの方との結婚は諦めてくださるかしら」

とんだニセ妖精だわ。名乗ることもせず、自分の方が位が上だからと、尊大な態度で私を見下して。髪形や雰囲気はチャイ王女に似ているけれど、中身はてんで別物ね。

さて、今までの私ならばすぐさまその金髪を掴んで引き摺り回しながら「泥棒猫め、国へ帰れ！」と激怒していたことでしょうけれど、そうもいかない。どうしたものかと頭を悩ませていると、ふと脳内にあるアイディアが閃いた。

「少しだけ、私の話を聞いてはいただけませんか？」

しおらしい表情を作ってみせると、皇女が微かにたじろいだ。

「な、何かしら」

「皇女殿下を信用するからこそ打ち明けるのですが……」

私よりも背の低い彼女に合わせるように身を屈め、その小さな耳に唇を寄せる。周囲には聞こえないようにごにょごにょ……とある台詞を口にすれば、そのまん丸の瞳がこぼれ落ちそうなくらいに、彼女は目を見開いた。

「う、嘘よ、そんなこと！　私を諦めさせる為の虚言だわ、卑怯者！」

「虚言ではありません。これは、あの美女大国スロフォンの王族の間では特に知られた話。実際、これを聞いた第四王女チャイ様も耐えきれずにユリアン様との婚約を諦めたと聞き及んでおります。お疑いならば、チャイ様に直接確認していただいても構いません」

「あのチャイ様が……⁉」

彼女の名前を出した途端に、皇女の顔付きが変わる。

「私、チャイ様を心からお慕いしているの！　あの可憐で愛らしい『妖精』に、いつか私もなりたいって……」

うっとりとした表情から、私は察する。第七皇女殿下がチャイ王女に似ていると感じたのは、彼女自身がそう見えるように寄せているからなのだと。

ただ信憑性を持たせようとしてチャイ王女の名前を出したけれど、どうやら大正解だったみたい。さすがは私ね。

「私、ユリアン様の見た目が好みだったというだけだし。中身が『そう』なら話は別よ」

案外あっさりした方のようだ。私の話にコロリと騙されてくれた彼女は、つかつかとユリアン様の前まで進むとニコリと微笑んだ。

「先ほどの告白はなかったことにしていただきたいですわ」

「は、はぁ……？」

「ですから、間違っても私が貴方に振られたなどという嘘は広めないでくださいね。では、失礼いたします」

ユリアン様は何がなんだかよく分からないという顔で彼女の背中を眺めつつ、ハッとして再び私に視線を戻した。

「と、とにかく誤解なんだ！　僕は君以外の女性なんて目に入らないし、想像もしたくない」

「もうよろしいですわ。皇女様のお気は済んだようですし、私も本気で貴方を疑っていたわけではありません」

「本当に？　幻滅していない？　嫌いになっていない？　本当に本当に」

「ああもうしつこいったら！　本当ですから、いい加減に離れてください！」

私がそう口にすると、ユリアン様はホッとしたような落ち込んでいるような複雑な表情を浮かべた。

「まあ今回は、痛み分けということで」

「痛み分け？　それはどういう意味？」

「お気になさらず。それよりいつまでもこんなところで油を売っていないで、早く生徒会の仕事にお戻りになってください！」

私がぐいぐいと背中を押すと、彼は不安げな顔をしながらも、大人しくされるがままになっていた。

あの第七皇女にユリアン様を諦めさせる為、私が囁いた嘘。それは、

——ユリアン様は、誰にも理解できないような特殊性癖の持ち主なのです。

「咄嗟(とっさ)に思いついたにしては、我ながら名案だったわ」

「うん？　何か言った？」

「いいえ、なんでもありませんわ」

バザーが終わったら、チャイ王女に口裏を合わせてくださるようお願いの手紙を書かないといけないと思いながら、私は無意識のうちに頬を緩ませたのだった。


生徒会主催のチャリティーバザーは大盛況の内に幕を閉じた。予想外のハプニングもたくさん起こったけれど、終わりよければなんとやらというやつだわ。

マッテオ殿下とウンディーネ様がお忍びでいらっしゃっていたらしいと後で聞いた時には驚いたけれど、今はきちんと手綱を握ってくださる方がいるのだから、もうマッテオ殿下の心配はいらないだろう。

昔の私が良い子になろうとしたのと同じように、あの方もウンディーネ様に好かれようと、不器用なりにもがいている。そんな姿を見ていると、少しくらいは応援してあげても良いかという気持ちになれた。

それにしても、ウンディーネ様にはいつかお会いしてみたい。私の姿に感銘を受けただなんて、きっととても見る目のある方なのね。

今夜は、バザーが無事に成功した記念ということで、学園内ホールにて盛大なパーティーが開かれる。もちろんこれは、売上とは全く別の資金で催されるもので、国王陛下ならびに王妃カトリーナ様のご意向なのだと耳にした。

これからはユリアン様に少しでも目を掛けてくださると良いのだけれど、きっと一筋縄ではいかないだろう。彼にはこの私が付いているのだし、時間が掛かっても必ず良い方向に向かわせてみせるわ。

「ああ、アリス……とても綺麗だ。他の男の目には映したくないくらいに」

「ま、まったくもう。貴方はすぐにそんなことを言うのですから」

「本当にそう思っているのだから、仕方ないよ」

ユリアン様は、キラキラとした瞳で私を見つめている。褒められて当然だと思いつつ、私の頰は勝手に熱を帯びた。

光沢のあるグレーの生地のドレスは、ドレープは少なめだけれど腰元からレースがふんだんにあしらわれており、素材の良さが引き立つ洗練された作りとなっていた。

ところどころに散りばめられたパールが、よりエレガントさを引き立てている。

ドレスが目立つようにと、普段は下ろしている髪も今日は上に纏められた。

お母様が好むようなゴテゴテのドレスではなく、あくまでシンプルに。私の良さが最大限に引き出された、素晴らしい一着だわ。私を良く理解しているユリアン様だからこそね。

「素敵なドレスを、ありがとうございます」

「本当に良く似合ってる」

そう言って微笑むユリアン様も、今夜はいつにも増して輝いていた。私と同じ光沢のあるグレーの生地で作られた、ドレススーツ。こちらもシンプルな作りだからこそ、スラリとした彼の魅力を最大限に引き立てていた。

というより、素材が良いから何を着ても素敵だわ。もっとよく見たいのに、恥ずかしくて直視出来ない。

「アリス、ほらこっちにおいで」

グイッと腰に手を回され、思わず固まってしまう。

「君をエスコート出来ることを誇りに思うよ」

ああ、なんなのこの夢のような時間は。バザーを頑張った私に、神様が与えてくれたご褒美としか思えない。

「私も、貴方の隣に立てて嬉しいですわ」

上目遣いにそう告げれば、ユリアン様は天を仰ぎながら「なんなんだこの夢のような時間は」と呟いていた。

パーティー会場に入ると、すぐに生徒会のメンバーがこちらへやって来る。ちなみに、ロンはもっと早い段階でいつの間にか私とユリアン様の背後に立っていた。

「ユリアン殿下、アリスティーナ様！　お二人共とても素敵です！」

「アリスティーナ様……お綺麗過ぎて、私泣いちゃいそうです」

お揃いの色のドレスとスーツに身を包んだニコルとエリザベッタが、崇拝するような瞳でこちらを見つめている。

「ありがとう。二人も凄く良いわ」

「アリスティーナ様に褒められた！」

「僕、一生この格好でいよう！」

キャピキャピとはしゃぐ双子に癒やされながら、私はぐるりと辺りを見回した。

皆、楽しそうに笑っているわ。下位貴族と高位貴族、仲良く手を取り合って無事円満なんて、そう都合良くはいかない。

けれどこれからも、私は私に出来ることをするだけよ。足は止めない、ひたすら前に進むんだから。彼女と再会した時、胸を張って笑えるようにね。

「アリスティーナ様！」

「あら、サナ。それに皆さんも」

「ああ、アリスティーナ様……なんてお美しいのかしら……」

エメラルドグリーンのドレスに身を包んだサナが、私を見てほう……と感嘆の溜息を漏らす。他の令嬢達も、口ぐちに私を褒め称えてくれた。

そうでしょうそうでしょう。どうあっても、この美貌は隠せないもの。ユリアン様が選んでくださったこのドレスに見合うよう、もっと胸を張らなくちゃいけないわね。

美しいものは美しいのだから、無理に卑下したりしないわ。

「クアトラ公爵令嬢！　本日は本当にお疲れ様でした！」

サナの背後からひょっこりと顔を出したのは、ターナトラーさんだ。

普段はボサボサの頭も今日は整えられて、可愛らしい顔立ちが露になっている。燕尾服のサイズが少し合っていないような気もするけれど、まぁそれも彼らしいといえば彼らしい。

「皆さんもお疲れ様でした。おかげでとても有意義なものになりましたわ」

「殿下のご尽力とアリスティーナ様の努力の賜物です！」

「このバザーは、学園の生徒達にとっても本当に身になるものだったと思います！」

サナやターナトラーさんが、嬉しそうに話している。その光景に、思わずじんと胸が熱くなってしまった。

「それに、お二人のダンスが拝見できるなんて、生きていて良かったです！」

「サ、サナ。それは大げさよ」

「いいえ、本心ですわ！」

サナは自信満々にそう言った後、同意を求めるようにターナトラーさんに視線を向ける。彼は眼鏡の奥の瞳を輝かせながら、何度も頷いていた。

結局、ユリアン様に手を引かれるまま三回もダンスを踊った私は、さすがに連日の疲れもあって、フラフラとした足取りでバルコニーに出た。予想以上に私の周りに人が集まり、それは嬉しいことだけれど今は少し息を吐きたい。

「そんな格好じゃ寒いよ、アリス」

すぐに隣にやって来たユリアン様が、私の肩にふわふわとした毛皮のストールを掛けた。

「ありがとうございます」

「今日はお疲れ様。君は本当に良く頑張ったよ」

「ユリアン様のお力添えのおかげですわ」

にこりと微笑むと、ユリアン様も同じように柔らかな表情を浮かべた。

「大丈夫？　疲れていない？」

「疲労はありますが、達成感の方が上回っているので平気です」

「生徒会長としての君の功績はとても大きなものだ。きっと、これまでのくだらない噂も払拭されていくんじゃないかな」

悪役と名高いアリスティーナが、良い子に大変身？　それはあり得ないわね。なんにせよ、学園がより良い場所になるよう、これからも精いっぱいやるだけよ。私にはそれだけの力があるのだから。

私だけではなく、皆それぞれに長所はある。それを活かす場所を整えることは、とても重要だ。

「アリスは凄いな」

ぽんぽんと、優しく頭を撫でられる。ユリアン様のこういうところは、私には真似出来ない。他者を素直に褒めるって、なかなか難しいことだと思うわ。

「……あの、ユリアン様」

肌寒い風が頬を撫でるせいで、ほんの少し体が震える。私は意を決して、彼の瞳をまっすぐに見つめた。

「このイベントが成功したら聞いていただきたい話があると、そう言ったのを覚えておいでですか？」

「ああ、もちろん」

「今、話しても？」

私の様子が普段と違うことに気付いたのか、ユリアン様は私の手を力強く握った。

「心配要らない。僕は何があっても、君のことが大好きだから」

「ユリアン様……」

少しひんやりとしたその手を握り返して、私は静かに口を開いた。

一度目の人生から、二度目のやり直し、そしてチャイ王女との関係と、私がしでかした悪事の全てを、ユリアン様に打ち明けた。彼は相槌を打ちながら、時折驚いたような反応をしたり、哀しげに眉を下げたり、そして最後には潤んだ瞳で私を見つめていた。

「にわかには信じられない話でしょうが……」

「いいや、僕は君を信じる。こんな嘘を吐く理由がないし、君が小さい頃からずっと何かを抱えていたことは知っていたから、腑に落ちる部分もあるんだ」

以前と同じように、彼は私を信じてくれた。そしてその上で、改めて全てを受け入れると誓ってくれたのだ。

「私も貴方を信じていましたが、軽蔑されるのが怖くてずっと言えずにいました。騙すような形になってしまい、申し訳ありません」

「そんな風には思わないし、アリスだって情けない僕を受け止めてくれた。つまりはお互い様ってことかな」

安心させるように微笑み、そっと私の頬に触れる。

「泣かせてしまったね、ごめん」

「これは、嬉し泣きです。人生で初めてですわ」

「泣き顔も凄く可愛い」

優しげに目を細めて、私の名前を口にする。ユリアン様を好きになって良かったと、心の底からそう感じた。

「だからあの時、君は目を覚ましてすぐにスロフォンの王女の名前を口にしたんだね。頭がおかしくなったのかもと心配したけど、良かったよ」

「なんだかとても失礼なことを言われている気がしますわ」

むっと膨れてみせても、ユリアン様は嬉しそうに笑っていた。

「それで私、もう一つユリアン様にお話ししたいことがあるのです。というよりもこれはお願いに近いのですが……私と一緒に、スロフォンへ行っていただけませんか？」

そう言われることを予想していたのか、彼はさして驚いた様子もなく、しっかりと頷いた。

「アリスの為なら、どこへでもついていくよ」

「……こちらから言い出しておいてなんですけれど、少し私を甘やかし過ぎではないですか？」

「もし君が道を間違えた時は、ちゃんと元のアリスティーナに戻してあげるから心配しないで」

遠い昔、幼い頃に交わした約束。それは、私をとても安心させてくれる魔法の言葉。

「ありがとうございます、ユリアン様」

ふわりと微笑んだ瞬間、彼は恥ずかしそうにふいっと視線を逸らす。それでも、しっかりと繋がれた手から感情が伝わってきて、私は穏やかな気持ちで夜の空を見上げたのだった。

「ストラティス殿下、クアトラ様、遠路はるばるようこそおいでくださいました。一同心より歓迎申し上げます」

今私達の目の前には、スロフォン王国の女王陛下が堂々とした出で立ちでこちらを見つめている。

ユリアン様は普段通りの無表情、代わりに私がにこやかな笑顔を作りながら、恭しく頭を垂れた。

チャリティーバザーから、早一ヶ月。彼は冬期休暇を利用し、視察だか勉強だか、適当な理由をつけて国王陛下と王妃様に掛け合ってくれたのだ。そのおかげで、私は今こうしてスロフォンの地を踏むことが出来ている。

「突然の申し出にもかかわらず、快く出迎えてくださり、感謝いたします、女王陛下」

「滞在中は、どうぞご自由にお過ごしください。必要とあらば、我が娘達がご案内いたしますので、遠慮なさらず如何様（いかよう）にもお申し付けください」

さすがは一国を束ねる女王。その気品に満ち溢れた美しさはもちろんだけれど、何よりオーラが並外れている。穏やかな笑みを浮かべているのに、どこかとって喰われそうな気がして、少し恐ろしい。

などと考えていると、なぜか女王陛下がジッと私を見つめている。先ほどまでとは打って変わり、慈愛に満ちた表情を浮かべていた。

「クアトラ公爵令嬢。何かお辛いことがあれば、いつでも私にご相談くださいね」

「え……？　あ、ありがとうございます」

内心困惑しながらも、私は女王陛下に向かってもう一度頭を垂れたのだった。

「ストラティス王子殿下、ならびにクアトラ公爵令嬢におかれましては、長旅お疲れのことと存じます。客室をご用意いたしておりますので、どうぞごゆるりとお寛ぎください」

謁見の間から早々に退出した私達を、今度は第一王女殿下が和(なご)やかに迎えてくださった。後の女王となる女性らしい、凛とした雰囲気。ちなみに第二、第三王女は既に降嫁しているらしく、現在この国にはいないとのこと。

「クアトラ様。何か悩んでいらっしゃることがありましたら、私で良ければお力になりますので」

物凄く既視感のある表情と、その台詞。先ほど女王に掛けられた言葉と同じで、第一王女も何故か私を憐れむような瞳で見つめていた。

「お、お気遣いありがとうございます」

一体、何がどうなっているのかしら。隣に立つユリアン様を見上げても、彼も不思議そうに首を傾げるだけだった。


そんな第一王女と別れた後、入れ替わりのように客室にやって来た『妖精』を見て、私は思わず歓喜の声を上げる。

「チャイ王女！　私、貴女にずっとお会いしたかったのです！」

「アリスティーナったら、急にスロフォンにやって来ると聞いた時は本当に驚いたわ！　相変わらず、行動力の塊なのね！」

「お手紙はいただいていましたが、元気なお姿をこの目で確かめないと、どうしても気が済まなかったのです！」

私達はまるで、古くからの親友のように熱い抱擁を交わした。チャイ王女は以前と少しも変わらず、可憐で可愛らしい『妖精王女』のまま。美しい碧眼を潤ませながら、満面の笑みで私を見つめていた。

「会いに来てくれて凄く嬉しいわ。本当は私も、ずっと貴女に会いたいと思って……」

はた、とチャイ王女の動きが止まる。この場にユリアン様がいることをたった今認識した様子で、彼女はアワアワと慌てたように両手をばたつかせた。

「あ、ち、違うのです！　これは人違いです！　ま、まぁ！　初めましてアリスティ……ではなくてクアトラ様！　私はチャイ・スロフォンと申しま」

「さすがにその言い訳は苦しいですわ、チャイ王女」

私達は手紙のやり取りをしていた為、互いに記憶が残っていることを知っている。けれどユリアン様に全てを話したことを、私は伝え忘れていたらしい。

彼の前では初対面の体を取らなければならなかったことを思い出したチャイ王女は、物凄く狼狽(うろた)えていた。

「ご心配には及びません、チャイ王女。ここへ来る前に、ユリアン様には全て打ち明けてしまったのです」

「え……す、全て……？」

「はい。包み隠さずありのままをお伝えしました」

チャイ王女が、ぽかんと口を開ける。そして拍子抜けしたように、ヘナヘナとカウチソファに座り込んだ。

「もう、本当に焦ったわ……」

「ふふっ、申し訳ありません」

「その顔はちっとも反省していないわね？　アリスティーナ」

ぷくっと頬を膨らませながら、上目遣いに私を睨んでいる。その様子が可愛らしくて、笑いが止まらなかった。

「そろそろ、二人の時間は終わりということでいいかな」

ユリアン様が、グイッと私の腰に手を回す。まるで彼女を牽制するかのように、ピタリと私に張り付いた。

「まぁ。私にまでヤキモチをやくなんて、ストラティス殿下はアリスティーナに随分ご執心なのですね」

「ええ、そうです。本当は、アリスがわざわざ貴女に会いに行くというのも気に入らなかったくらいですから」

「なんて心が狭いのかしら。アリスティーナが窮屈な思いをしていないか心配だわ」

あ、あら？　なぜ、二人の間に火花が散っているのかしら……。

「噂に聞き及んでいた『妖精王女』とは、随分と違うようですが」

「生憎ですが、私はずっと前からユリアン殿下のことがあまり得意ではないのです。今回は貴方との婚約話も持ち上がっていませんし、好きに言わせていただきますわ」

チャイ王女の笑顔は、それはそれは可愛らしい。けれどそれとは裏腹に、ユリアン様に対する態度は物凄く刺々しかった。

「あ、あの。婚約話が持ち上がっていないというのは、本当ですか？」

なんとか場の雰囲気を変えようと、二人の間に割って入る。

「ええ、そうよ。だってまた同じことの繰り返しはうんざりだし、殿下との婚約話が持ち上がる前に、母が他の人に目を向けるように上手く誘導したの」

「凄いですわ！　けれどどうやって？」

私の質問に、チャイ王女はチラリとユリアン様に視線を向ける。そして私の耳元に唇を寄せると、彼には聞こえないような小さな声で囁いた。

「ストラティス殿下は特殊性癖の持ち主で、何かの折に偶然会ったクアトラ公爵令嬢から相談を持ち掛けられているって、母や姉達に話したの」

「と、特殊性癖……⁉」

「詳しくは省略するけれど、貴女は健気にそれに応えようと努力しているって、アピールしておいたわ」

ああ、だから！　女王陛下や第一王女殿下が、私を気遣うような態度を見せていたわけなのね。

あの言葉の意味を、ようやく理解したわ。

いえ、それよりも一番驚いたのは、この手段を以前私も使っているということ。学園で催されたチャリティーバザーで、ユリアン様に一目惚れした帝国の第七皇女に対し、私は全く同じ『嘘』を吐いたのだ。

チャイ王女に確認しろとまで大口を叩いたけれど、そういえば口裏を合わせてもらうのをすっかり忘れていた。

「だから、母は私に殿下をモノにしろとは言わなかったのよ。我ながら名案だったわ！　こんなこと、絶対に誰も思いつかないでしょう?」

「そ、そうね……まあ、上手くいったのならそれで良しとしましょうか」

愛想笑いを浮かべながら、意図せず嘘がある意味本当になってしまったことを、心の中でユリアン様に謝罪した。

その後チャイ王女は歓迎パーティーの支度があるからと去っていき、私達も支度を始める。半ば強引にユリアン様を部屋から追い出し、私は目の前の大好きな人物に向かって、ニコリと微笑んだ。

「じゃあ、お願いね。私をとびきり美しい淑女にしてちょうだい。リリ！」

「かしこまりました。このリリにお任せください、アリスティーナお嬢様」

久しぶりの温かな笑顔に、胸がじいんとして泣きそうになる。なんと今回の旅に、ユリアン様がリリも同行させてくれたのだ。

サプライズをしたかったらしく、私は直前まで知らなかった。客船の中で彼女との再会を果たした時は、言葉では言い表せないくらいに嬉しかった。

学園に入学してからはなかなかリリに会う機会がなく、生徒会長になってからは手紙を書く暇すらなかった。喜びのあまりユリアン様にまで飛びついてしまい、その後しばらく離してもらえなかったのは、もう忘れることにするわ。

ちなみにユリアン様の側近候補であるロンは、今回同行していない。彼よりももっと手練の護衛達が大勢控えているし、何より私とのせっかくの旅行（ではないのだけれど）を邪魔されることが、ユリアン様は我慢出来ないらしかった。

自分はついていけないと分かった時の、あの絶望した表情。あまりに悲愴だったから、少し可哀想になってしまったわ。まぁ、だからって彼も連れて行きましょうなんて言わないけれどね。

「お嬢様は、ますますお美しくなられましたね」

「でしょう？　毎日鏡を見て、自分でも驚いているのよ」

「以前から可愛らしかったですけれど、今は内面の素晴らしさが溢れているように感じます」

ドレッサーに座り、リリに大人しく髪を梳かされていた私は、鏡越しに彼女を見つめた。

「そうかしら？　そう見える？」

「ええ、本当に。お嬢様は気高く気品のある、優しい女性へと成長されました」

「ふふっ、褒めすぎよ、リリ。いくら久しぶりに会えたのが嬉しいからって」

「いいえ、これはお世辞ではありませんよ。お嬢様の努力が、形となっている証拠です」

リリはそう言って、柔らかく笑う。昔からこの笑顔を見ると、モヤモヤした気持ちもどこかへ吹き飛んでしまう。

「いつか私も、リリみたいになれるかしら」

「まぁ！　とても嬉しいお言葉ですが、アリスティーナお嬢様はありのままが一番ですよ」

「ありのままの私……」

噛み締めるように呟いて、私はこれまでの出来事を回顧する。ありのままでいることと、自分勝手に振る舞うことは違う。今でもたまにワガママなアリスティーナが顔を出すけれど、全てを失ってしまうことを考えたら、何を優先すべきなのかすぐに答えが出せるようになった。

「そうね、私、成長しているわよね！」

「ええ、自信を持ってください、お嬢様」

リリはいつの間にか、私の支度を完璧に仕上げていた。子供のように歯を見せて笑うと、彼女も嬉しそうに目を細めていた。

「ついこの間君のドレス姿に見惚れたばかりなのに、もうこれ以上は目が潰れそうだ」

相変わらず大げさなほどに褒めちぎるユリアン様に、私は溜息を吐いた。

「それは困りましたわ。私のエスコートをしてくださる方が、いなくなってしまいます」

「う、嘘だよ。ごめん、アリスティーナ。お願いだからそんな意地悪言わないで」

「ふふっ、まったくもう」

私の前で完全に仮面が剥がれているのは、シンプルに可愛らしい。いつも苛められてばかりだから、たまにはこうして反撃しないとね。

それに、目が潰れそうなのは私も同じ。正装に身を包んだユリアン様は一際美しく、すれ違う女性が一様に目を奪われているのが分かる。スロフォンのご令嬢方は、私が天下の悪役アリスティーナであることを知らない。

「人の婚約者をジロジロと見つめるなんて、非常識にもほどがありますわ。すれ違いざまに思い切り足を踏んでやりたい気分です」

「アリス、大丈夫？　もっとこっちへおいで。くっついていれば、誰も僕達の邪魔は出来ないから」

「その嬉しそうなお顔が腹立たしいですわ！」

やっぱり私は、どうあっても彼に苛められる運命らしい。

盛大な歓迎パーティーが始まり、会場は大いに湧いていた。さすが美女大国と言われるだけあって、女性達が本当に華やかで美しい。この私ですら、認めざるを得ないほどに。

……やっぱり、ユリアン様を連れてくるべきではなかったかもしれないわ。

「安心して。僕にとっては、アリス以外の人間なんて全く目に映らないから」

「嬉しいですけれど、言い方が少し怖いですユリアン様」

今に始まったことではないので、もう放っておくことにする。

「ストラティス殿下。女王陛下がお呼びです」

しばらく歓談していると、側近らしき男性がユリアン様に声を掛ける。当然彼は私も連れて行こうとしたけれど、「どうか殿下お一人で」と断られてしまった。

「私のことはお気になさらず。どうぞ女王陛下に謁見を」

「だけど、君を一人にするなんて……」

「貴方はルヴァランチアの顔としてこの場に立っているのですから、しっかりとお勤めを果たしてくださいませ」

少し言い方がキツかったかしら。ユリアン様、あからさまにしょんぼりとしてしまったわ。戻っていらっしゃったら、褒めて差し上げなければいけないわね。

チラリと視線だけを動かしても、チャイ王女は見当たらない。もっとお話がしたかったのにと、内心肩を落とした。

ユリアン様が戻るまで隅で適当に食事でもしていようと思った矢先、背後から声を掛けられた。

振り向くと、見覚えのない男性が熱っぽい眼差しで私を見つめている。

「失礼、素敵なレディ。貴女があまりにも美しかったので、声を掛けずにはいられませんでした」

「それは光栄ですわ」

聞いてもいないのに、彼は突然自己紹介を始める。どうもスロフォンの公爵令息のようで、あまり無下にもできない。というより、私はこういったことに慣れていない為に、あしらい方が分からない。やんわりと断っているのにしつこいと、苛々して脛を蹴飛ばしてしまいたくなる。

「私、婚約者を待っておりますので失礼いたしますわ」

「なんと、貴女のように美しい方を一人残していくなんて信じられないな。僕だったら、そんなことは絶対にしないのに」

この……知らないからって、ユリアン様を悪く言って許されると思っているのかしら。後で女王陛下に告げ口してやるんだから、覚悟していなさいよ。

「もういっそ、そんな甲斐性のない男とは別れて僕と……」

「失礼。いくら酔っているからとはいえ、あまり軽々しい発言は己の為にならないと思うが」

初めて耳にする、雄々しい声色。振り返るというよりも、見上げるといった方が正しいかもしれない。

私よりもずっと背が高く、屈強でガタイの良い男性が、こちらを睨みつけている。紺色の騎士服を身に纏い、その上からでも分かるほどに筋骨隆々としていた。

黒にも虹色にも見える、不思議な髪の色。それはまっすぐではなく、少しうねっている。キリリとした狐目に、まっすぐな鼻梁。薄い唇は、グッと真一文字に結ばれていた。

こんな男性を見るのは初めてで、思わず後退りしてしまいそうになる。だって、とても男前なのは分かるけれど、シンプルに怖いんですもの。

「あ、あ、貴方は……っ」

「これ以上この女性を口説くというのなら、私も交ぜていただこうか」

「い、いいえ！　滅相もございません失礼いたします!!」

脱兎の如く去っていく背中を見つめながら、私は首を捻る。知り合いでもないのに、一体どうして助けてくださったのかしら。

「不快な思いをさせてしまい申し訳ない、アリスティーナ・クアトラ嬢」

彼は唸るような声で、ハッキリと私の名前を口にした。

「あ、貴方は一体……」

困惑した私の思考を遮るように、誰かの腕が腰を勢いよく引き寄せた。

「アリスティーナから離れてください！　彼女は僕の婚約者だ！」

息を切らしたユリアン様が私をしっかりと抱き締めながら、目の前の男性に牙を剥いている。

いつの間にお戻りに……いえそれよりも、明らかに地位のありそうな方にそんな態度を取ったら、問題になってしまう。

「ユリアン様、私なら平気ですから！　むしろこの方は……」

「アリスティーナ！」

また別の声に名前を呼ばれたと思ったら、今度はチャイ王女が慌ててこちらへ駆けてきた。先ほどから、目まぐるしく増えていく登場人物に、頭の中が混乱してくる。

「ストラティス殿下もそんなお顔をなさって、一体何があったというのです！」

「この男が、アリスティーナに近付いたのです！　明らかに威圧的な態度で、彼女も怯えて……」

「チャイ！　ようやく話せた」

先ほどまでの低いしゃがれ声はどこへやら。同じ人物から発せられたものなのかと疑いたくなるくらい、その男性は声を弾ませた。

「今日のドレスもとても素敵だ。遠くから思わず見入ってしまって、階段から転げ落ちた」

「まったくもう、何をなさっているのですか」

「君が可憐で可愛すぎるのがいけない」

きっと、ユリアン様と私は同じ顔をしている気がする。双子だとか、二重人格者だとか、そんなことを言われても今なら信じるわ。だって、そのくらい態度が違うんですもの。

「し、失礼いたしました。彼の名前はテオバルト・ランカスター。公爵家の嫡男であり、隣国の近衛騎士を務めています。そして、私の婚約者です」

「チャイ王女の、婚約者⁉」

思わず声が上擦る。彼女の真っ白な頬が、紅を差したようにほんのりと染まった。

「勘違いをさせてしまい、深くお詫びいたします。この外見ゆえ誤解されることも多く、クアトラ様を怯えさせてしまい申し訳ありませんでした」

チャイ王女から紹介されたランカスター様は、その長躯を折り曲げるようにして深々と礼をする。私も慌てて、カーテシーをしてみせた。

「こちらこそ、助けていただいたというのに礼も言わず、大変なご無礼をお許しください」

「た、助けていただいた？」

「ですから、先ほどから何度もそう言おうとしたのに、ユリアン様が勝手に勘違いをなされたのです！」

ピシャリと叱責すると、ユリアン様はたちまちしょぼんと肩を落とす。ランカスター様が寛大な方で良かったけれど、そうでなかったら大問題だったわ、まったく。

「僕はてっきり、君が襲われていると思ったんだ」

「こんな人目につく場所でそんなことをする人間はいませんわ」

「ごめん……」

とはいえ、彼は彼で私を守ろうとしてくれたのよね。お灸を据えるのはこのくらいにして、許してさしあげましょう。

「ランカスター様が私をご存じだったのは、貴方がチャイ王女の婚約者様だからなのですね」

「ええ、そうです。チャイはいつも、クアトラ様の話をしていましたから。お姿を拝見するのは初めてですが、すぐに分かりました」

「まぁ、それは凄いです」

ランカスター様はしれっと、悪びれもせず口にした。

「常に自信に満ち溢れ、高笑いが良く似合いそうな美人だと」

「た、たったそれだけの情報で？」

というより、それは褒め言葉と受け取って良いのか微妙なところだわ。

「ま、まぁなんにせよ。ランカスター様が酔っ払いを追い払ってくださって、助かりましたわ。本当にありがとうございました」

「当然のことをしたまでです」

あら、さすが近衛騎士は正義感が強いのかしら。

「クアトラ様に何かあれば、チャイが悲しみます。愛おしい婚約者の哀しむ顔など見たくありませんから。あんな下衆(げす)のせいで彼女が心を痛めることになれば、殺すだけでは済まない」

な、なんだかとても物騒な単語が聞こえたわ。それにこの方、凄く既視感があるのだけれど……。

婚約者を過剰に褒める、少々愛が重い男。私はそれに酷似した人物をよく知っていた。

それにランカスター様って、チャイ王女の話になるとまるで別人だわ。威圧的な雰囲気がなくなって、吊り目がふにゃりと下がって、隠しきれない喜びがひしひしと伝わってくる。

政略結婚などではなく、この方は心からチャイ王女のことが好きなのだ。

だけど、チャイ王女の方は？　あんな風になってしまうくらいにミアン・ブライトウェル様のことが好きだったのに。

ああ、ダメだわ。考えれば考えるほど分からない。直接話がしたくて堪らない。

「アリス？　ボーッとしてどうしたの？　大丈夫？」

「え？　あ、は、はい。何でもありません」

慌ててニコリと笑みを浮かべ、その場を取り繕った。

「では私達、そろそろ」

チャイ王女がそう言ってランカスター様の肩をポンと叩くと、彼は途端に頬を染めた。

「安心して。今夜貴女の部屋へ行くから」

去り際、可愛らしい声色が私の耳元で響く。チャイ王女は、悪戯が成功した子供のような含み笑いを見せながら、ランカスター様と共に人混みへ消えたのだった。


そしてその夜、パーティーが終わりしんと静まり返った宮殿の廊下に、控えめなノックの音が響く。私はドアを開き、嬉々としてチャイ王女を迎え入れた。

「まだ眠っていなかった？」

「当然です！　貴女が来るのを今か今かと心待ちにしていました」

「ありがとう。ところで、まさかとは思うけれどストラティス殿下はいらっしゃらないわよね？」

可愛らしい顔でとんでもないことを言い出す彼女に、私はブンブンと首を横に振る。

「あ、あり得ないことを言わないでください！　夫婦でもないのに、同じ部屋で寝るわけないでしょう⁉」

「アリスティーナって、見た目と違って初心(うぶ)よね」

チャイ王女はクスクスと笑いながら、フカフカのソファに腰掛けた。どれだけ夜が更けようとも、彼女の可愛らしさは健在らしい。

火照る顔を手で押さえながら、私は紅茶を淹(い)れる準備を始めた。

お茶でも飲みながらゆっくり……と思っていたのに、彼女は早速本題に入った。

「まぁ、そんなことよりも。貴女が気にしていると思って来たの。私とミアンとの関係が、どうなったのかって」

「ミアンが生きていることは知っている？」

「はい、知っています」

「私も貴女と同じように、突然眠ってしまったらしいの。目覚めた時、彼が泣きながら私の顔を覗き込んでいるのを見て、本当に嬉しかった。生きている彼にまた会えるなんて、考えてもみなかったから」

当時のことを思い出しているのか、彼女の笑顔はどことなく寂しげだった。

「チャイ王女は力を使うあの瞬間、どんな願いを掛けたのですか？」

「貴女が幸せになりますようにって」

その瞬間、私の手からカップが滑り落ちそうになり、慌てて手に力を込めた。

「な、なんですって⁉　私の幸せを願ったというの……⁉　貴女ってば、どうしようもないお人好しだわ」

丁寧な言葉遣いも忘れ、ついチャイ王女を凝視してしまう。

「だって仕方ないじゃない。あの時はそう思ったんですもの。大体、お人好しはアリスティーナも同じだわ。手紙を見て、貴女に記憶が残っていると分かった時はどれだけホッとしたか。また極悪人に戻っていたらどうしようかと、気が気じゃなかったもの」

「ご、極悪人って……」

間違ってはいないけれど、なんだか複雑だわ。

「話を戻すわね？　とにかく私はミアンに会えたのが嬉しくて嬉しくて、ついその場で想いを伝えてしまったのよ。貴方のことが好きだから、全てを捨てて私を選んでって」

「まぁ……！　凄いわ！　なんて大胆でロマンチックなの！」

想像するだけで、胸がキュンキュンと高鳴ってしまうわ。

「ロマンチックなものですか。案の定、バッサリと振られてしまったもの。彼の性格を考えれば、受け入れるはずがないって分かっていたのに、どうしても抑えられなかった。これも貴女の影響ね」

「わ、私の？」

「良くも悪くも、自分に正直だから。そんな貴女を見て、私もそうありたいと思ってしまったのよ」

ああ、胸が痛い。あれだけ想っていたブライトウェル様に拒絶されてしまうなんて、どれだけ哀しかったことだろう。

「そんな顔をしないで？　確かにそれからしばらくは泣き暮らしていたけれど、スッキリしたのも事実なの。人は、当たり前に生きているわけじゃない。明日目の前から消えてしまうことだってあるのだから、伝えられただけで十分幸せなことだったのよ」

「チャイ王女……」

「彼は今、聖職者になる為に聖堂で働いているわ。もちろん恨む気持ちは全くないし、形は変わってもミアンはずっと私の大切な人だもの」

普段可愛らしい彼女の横顔が、とても美しく見えた。強く気高く、己の信念を持った一人の女性として。

私が変わったように、チャイ王女もまた自分を変えた。恋が実らないことは切ないけれど、目の前の彼女を見れば決して不幸ではないとすぐに分かる。

「貴女が新たな一歩を踏み出したこと、心から尊敬いたします、チャイ王女」

「ふふっ、ありがとう」

照れくさそうに微笑んで、彼女は私が用意した紅茶に口をつけた。

簡単な茶菓子も用意して、それからは二人で色んな話をした。どれだけ喋っても話題は尽きず、旧友との再会を喜ぶように笑顔が絶えなかった。

「やっぱり、自分の全部を知っている人と過ごすのは気楽ね。繕わなくて良いって、こんなに楽しくて心地良いのね」

クッションを抱き締めながら、チャイ王女が無邪気に笑う。

「ランカスター様はどうなの？　彼ってどう見ても、貴女にぞっこんじゃない」

すっかり砕けた喋り方になり、私はポンと彼女の肩を叩いた。

「ああ、彼ね。うん、まぁ良い方よ。優しいし誠実だし、笑顔が可愛らしいし」

「つまり、見た目と中身の差が凄いってことね」

「そうなの、笑っちゃうでしょ！　テオバルト様って、自国では『漆黒の颯（はやて）』って呼ばれているのよ。二十二という若さで爵位を継いで、剣の腕では右に出る者はいない。一度戦場に足を踏み入れれば、容赦なく敵を斬り刻む冷人だって」

「貴女の前では、とてもそんな風には見えなかったけれど。ランカスター様の頭に動物の耳が生えていて、お尻にはフサフサの尻尾もあって、貴女を見つけた瞬間に物凄い勢いでそれを振り回しているように見えたわ」

「ちょっと止めてよアリスティーナ！　次にお会いしたら、想像してしまうじゃない！」

ケタケタと楽しそうに笑うチャイ王女は、年相応の可愛らしい女の子そのもの。普段どれだけ気を張って生きているのか、考えるだけで胸がチクリと痛んだ。

「だけどそれを言えば、ストラティス殿下だってそうだわ。無表情で人形みたいに精巧な作りをしていて、不気味にすら感じるのに、貴女のこととなるとああだもの」

「まぁ、そうね……言われてみれば、ランカスター様のことは笑えないかも」

「私達、お互い厄介な人に好かれたわね」

「ええ、本当！」

なんて楽しいひと時なのかしら。他の誰とも違う、運命を共有した仲。いがみ合い、憎み合い、最後には手を取り合った。あんなに大嫌いだったのに、今はこんなに好きだなんて。

「チャイ王女。貴女の笑顔が見られて良かったわ。思いきってスロフォンに来て正解だった」

「ありがとう、アリスティーナ。私も、また会えて本当に嬉しいわ」

視線を合わせ、小さく微笑み合う。パーティーの後で疲れているはずなのに、私達は時間も忘れて空が白むまで語り明かしたのだった。

私とミアンは、互いを想い合っていたと思う。だからこそ、彼は私を選ばないと分かっていた。この想いは永遠に、本人に伝える気なんてなかったのに。

「ああ……、チャイ！　目を覚ましてくれて本当にありがとう……！」

その言い方が、実にミアンらしいと思う。長い眠りから目覚めた私は、ぼんやりとする視界にしばらく彼だけを映し、気が付けば「貴方が好き」だと口にしていた。

「チャイの気持ちには応えられない。君は、僕なんかに縛られてはいけない」

長い付き合いの中で、一度も見たことのないような表情で、ミアンはそう口にする。普段すぐ感情が顔に出る彼が、あの時だけ違ったのは、きっと本心を隠していたから。

この後、部屋に戻り一人で泣くのだろう彼の背中を想像すると、私まで涙が溢れて止まらなくなった。

いつも私の立場を一番に考えてくれる、優しい人。たとえ母の反対を押しきり一緒になれたとしても、その先どうなるかは分からない。王女として、安定した暮らしをしてほしいというミアンの気持ちは、痛いほどよく分かる。分かるけど、哀しかった。

「一緒に死んだって、私は構わないのに……」

こんな感情は、自分勝手なエゴでしかない。けれど、もしもミアンが私の手を引き、強引に連れ出してくれたなら、その後がどうなろうと構わない。彼と一緒にいられるのなら、自分の命さえ簡単に捨てられる。

私のこんな浅はかな気持ちも、ミアンにはお見通しだったのだろう。彼は私の為に、自分の恋心を殺してくれた。私は、ちゃんと伝えられただけ幸せだったのだ。

私はその日から、しばらく部屋に閉じこもり泣きながら毎日を過ごした。その後、ミアンが聖職者の道に進むと彼の母ルーランから聞いた。

思いきり泣いたおかげでいくらかは吹っ切れていたけれど、それでも恋心は簡単にはなくならない。

いつか違う形で、また彼と笑い合えますようにと願いながら、私はその日を境にミアンへの恋情を心の奥へと閉じ込めたのだった。

それからあっという間に月日は流れ、季節は秋へと変わった。私は謁見の間にて、母である女王陛下に向かって恭しくカーテシーをしてみせる。

「チャイ。貴女に縁談が来ているわ。相手は隣国の公爵らしいけれど、面識があるの？」

今でもまだ、母の前では萎縮してしまう。けれど以前よりも随分マシになったのは、きっとアリスティーナのおかげ。彼女の存在は強烈で、そこにいるだけで周りを飲み込んでいく力がある。

あの日、私もまんまと彼女に飲まれた。アリスティーナは敵だったのに、いつの間にか私は彼女に対して憧れを抱いていたのだ。

「いいえ？　存じ上げない方です」

るそうだから」

「この上ない良縁ですから、一度その方に会ってみなさい。近々、スロフォンに挨拶にいらっしゃ

「承知いたしました、お母様」

以前は『女王陛下』と呼んでいたのを、公式な場以外では『お母様』と変えた。初めのうちは窘められていたのだけれど、今はもう諦めたらしく何も言われることはない。

「テオバルト・ランカスター様か。あちらは私を知っているようだけど、全く覚えがないわ」

自室にて独り言を呟きながら、ソファに深く腰掛ける。ミアンとの未来は諦めたけれど、だからといってすぐに別の誰かを好きになれるかと言われたら、それは無理だ。

立場上、政略結婚は覚悟の上。それでも、出来るならミアンに似た性格の男性だったら嬉しいのにと思う。まぁ、『漆黒の颯』なんて異名が付くくらいだから無理そうだけれど。

「少なくとも『あの』殿下みたいな人じゃない方が良いわ」

彼に関するとんでもない噂を母に吹き込むという、小さな復讐……もとい婚約者候補に上がらない為の布石を打ったおかげで、ストラティス殿下との縁はない。

いつかアリスティーナに会ってこのことを話したら、彼女はどんな顔をするだろう。想像しただけで、クスクスと笑いが止まらなくなってしまった。

母の言う通り、いくらも立たないうちにランカスター様はストラティスへやって来た。

「ほ、ほ、本日はおひ、お日柄も良く……」

「いえ、今日はあいにくの雨ですけれど……」

「あ、そ、そうでした。はは……」

初めてお会いするテオバルト・ランカスター様は、見た目だけでいえば正に『漆黒の颯』に相応しいお方だった。紫がかった黒髪と、同じ色の神秘的な瞳。キリリとした顔付きは端整だけれど、威圧的にも感じられる。

それから、背丈がとても高い。私よりもずっと上に目線があり、この方の目にはどんな風に景色が映るのかしらと、少し興味が湧く。

体付きも騎士らしくがっしりとしていて、手足もスラリと長かった。

「ス、スロフォン王女殿下は、相変わらず本当にか、可愛らしく可憐で……そ、それから……」

「もしよろしければ、どうぞチャイとお呼びください」

当たり障りのない笑みを浮かべながらそう言うと、彼の顔がたちまち真っ赤に染まる。その見た目からは想像もつかない反応に、私も思わず固まってしまった。

「で、では俺……いや私のことも、テオバルトと呼んでくださると嬉しい……です」

彼に抱いた第一印象は『とても変わった方』だった。それから少しずつ時間を共にしていく中で、嘘の吐けない誠実な性分なのだと分かった。

「もう数年前の話になります。俺がまだ爵位を継いでいない頃、ヤケになっていた時期があったんです。遠征でも無茶な闘い方をして、負傷ばかりしていた。かといって周囲の意見を素直に聞く気にもなれず、家名の大きさに押し潰されそうになっていました」

ある日テオバルト様は、お茶の席でそんな話をしてくださった。恥ずかしそうに頬を染めて、時折チラチラとこちらの反応を窺っている。体の大きさに似合わず、可愛らしい人だと思う。

「そんな時、母君について我が国を訪れていた貴女と出会った。可愛らしく聡明で、こんな俺に臆することもなく『素晴らしい方ですね』と微笑んでくれた。貴女は俺の両手がボロボロなのを見て、そう言ってくれたんです」

「そう言われると、そんなこともあったような……」

あの時は、初めて母の視察に同行したこともあって、とても緊張していた。とにかく良い印象を抱いてもらおうと必死で、誰と何を話したかまで覚えている余裕がなかったのだ。

「その後も、貴女は滞在中何度も俺に声を掛けてくれました。首元にあった大きな切り傷を見て、哀しげに『無茶はしないで』と言ってくれた。それからずっと、俺は貴女のことが忘れられなかった。長期遠征で功績を上げ、爵位を継ぎ、ようやく貴女に婚約を申し込むことが出来たのです」

テオバルト様はうっとりとした様子で、なぜ私を好きになったのか、その経緯を詳細に話してくれた。けれどそれを聞いた私は、内心複雑な気持ちで目を伏せた。

「それは、たまたまタイミングが良かっただけのことだと思います。誰にでも言える月並みな言葉ですし、貴方のような素敵な方には、きっと私よりも相応しいご令嬢が現れるのではないでしょうか」

これは本心だった。いまだにミアンへの未練を断ち切れないでいる私なんて、選ばない方が彼の為だ。

しばらくの沈黙の後、私はギョッと目を剥いた。テオバルト様のオニキスのような瞳から、はらはらと涙がこぼれ落ちていたからだ。

「ご自分のことを、そんな風に卑下なさらないでください。俺の知る貴女は素晴らしい人だし、たとえそうでなかったとしても、嫌いになんかなれるわけがない」

「……どうしてそこまで、私を評価してくださるのですか？」

「好きになったからです。これ以上の理由は他にない」

潤んだ瞳で、そこだけ自信満々に胸を張ってみせる彼の姿がおかしくて、思わず笑ってしまった。

繕おうと思えばいくらでも出来るのに、テオバルト様はそれをしない。とても簡潔で適当で、私が嬉しいと感じる答えだった。

「俺は、自分の命の次に貴女が大切です。チャイ王女」

「そこは、嘘でも私が一番だと言うべきでは？」

「死んだら貴女を守れない。俺は何があっても、貴女より先には絶対に死なないと誓います」

その言葉に、私の瞳からは無意識のうちに涙が流れた。それは止められず、次から次へと溢れてくる。

「あ、ど、どうしよう！　俺は貴女を泣かせてしまった！　知らず知らずのうちに、何か酷いことを……っ」

慌てふためくテオバルト様に、私はふるふると首を左右に振った。

「違います。ただ、嬉しくて……。私より先に死なないと言ってくれたことが、本当に嬉しかったのです……っ」

彼が、ミアンとのことを知るはずはない。あの時感じた絶望も、アリスティーナへの勝手な憎悪も、耐えきれない罪悪感も、何もかも。

何も知らないテオバルト様から出た言葉だからこそ、私の胸にまっすぐに響いたのだ。

「私は、誰かを好きになることが怖いのです。テオバルト様がこうして私を想ってくださっても、それを同じように返せるかどうかは分からない。ですがもしも幸せな未来があるのなら、それは貴方と一緒が良いです、テオバルト様」

「チャイ王女……いや、チャイ……」

再び彼の瞳に涙が溜まり、私達は二人で涙を流した。互いにハンカチを相手に差し出して、それがすっかり濡れてしまうまで、子供のように泣いた。

「俺は貴女が好きだ。これから先もずっと」

テオバルト様はそう言って、柔らかく目を細める。何かを答えようとした私の唇に彼はそっと人差し指を立てる。それは触れていないはずなのに、私の体は発熱したように火照っていた。

それからテオバルト様は、一層積極的に想いを伝えてくださるようになった。最初のうちは恥ずかしくて、ただ黙ることしか出来なかったのだけれど、時間が経つにつれてすっかり慣れてしまった。

「チャイ、今日も君の顔を見ることが出来て俺は幸せだ。生きていて良かった」

「テオ様はいつも大げさですね」

「これが本心なのだから仕方ない」

さも当たり前のような顔をする彼に苦笑しながら、嬉しくてつい顔が綻んでしまう。テオバルト様が私に言葉をくれるたびに、自分自身がとても価値のある人間のように思えてくるのだ。

「こんなに私を甘やかして、一体どうなさるおつもりですか？」

「君は自分に厳し過ぎるんだ。だから俺くらいでちょうど良い」

「ふふっ、そうですか」

まさかミアン以外の男性とこんな風に穏やかな時間が過ごせるなんて、思ってもいなかった。彼を好きだった自分を否定するつもりはないけれど、これからはテオバルト様と一緒に生きていきたいと思い始めている。

胸が高鳴って、心臓が苦しくて、つい触れてしまいそうになる。こんな気持ちは初めてで、そんな自分自身に戸惑ってしまうけれど。

「ではテオ様を甘やかすのも、私だけの特権というわけですね」

まった。

オニキスの瞳を見つめながらニコッと微笑むと、テオバルト様はとうとう両手で顔を隠してし

「お顔が真っ赤で可愛らしいわ」

「チャ、チャイ……」

スロフォンに滞在して、数日。私はチャイ王女と共に、お忍びで城下町へとやって来た。もちろんそれぞれに、ユリアン様とランカスター様がピッタリ張り付いている。

「貴女達の馴れ初め、とっても素敵だったわ」

「も、もう。恥ずかしいから止めてよ！」

「ランカスター様って、見た目に似合わず純情で可愛らしい方なのね」

チャイ王女から聞いた話を思い出し、ついニヤニヤと頬を緩める。彼女は柔らかそうな白い頬を紅く染めながら、私の肩をパシンと叩いた。

だって、仕方ないじゃない。私の目の前にずぅん…と聳(そび)え立つ黒い塔みたいな方が、まさか好きになった女性の為に涙まで流すだなんて。

今まで大衆向けのロマンス小説は読んだことがなかったけれど、こんな風に胸がキュウッと切な

くなるのかしら。一度読んでみたいわ。

そうだ、いっそお二人の話を元にすればいいのよ！　絶対に多くの人が共感するに違いないわ！

ああ、なぜだかドキドキしてきたわ。どこかに小説家はいらっしゃらないかしら。

「ちょっと、アリスティーナ。貴女、また良からぬことを考えているんじゃないでしょうね」

フワフワとした妄想を思い浮かべていると、チャイ王女がジトリとした瞳でこちらを見つめていた。

「そ、そんなこと考えていないわ。というよりまたとは何よ、またとは」

「昔も今も、貴女の思考は危険なのよ。色んな意味でね」

「全く的外れ！　とは言えないのよね……」

「ふふっ、反省しなさい」

こうして他愛ない会話をしていても、彼女の愛らしさがよく伝わってくる。妖精を見たことはないけれど、最初にチャイ王女を『妖精王女』と例えた方はセンスが良いわ。

見た目はもちろんのこと、その雰囲気が柔らかいのよね。毒気を抜かれるというか、一緒に笑いたくなるというか、チャイ王女に酷いことが出来る人なんていないのではないかしら。

……いえ、これは私が言える台詞ではなかったわ。

「何よ、さっきから百面相をして」

「昔を振り返っていたの。こんなに可愛らしい貴女が『殺してやる！』と言って私に襲いかかってきたとは、到底思えないって」

「捏造(ねつぞう)しているわ！　私はそんなことしていないからね！」

「あら、そうだったかしら」

とぼけてみせる私に、彼女は小さな唇を尖らせる。数秒見つめ合ったのち、どちらからともなく噴き出してしまった。

「そういえば、あの二人は静かね」

私達だけで盛り上がっていたけれど、彼らが邪魔する様子がないので気になって、チャイ王女と共に後ろを振り返る。

すると何故か、ユリアン様とランカスター様が互いに睨みをきかせていた。

「な、何をしていらっしゃるのですか⁉」

まさか喧嘩かしら。確かに、どちらも我が強そうだものね。意見が合わずに言い争いになってしまったんだわ。きっとそうよ。

「お二人共、一体何があったというのですか？　こんな街の中で恥ずべき行為は慎んだ方が賢明かと」

先ほどまでの可愛らしさとは一変して、チャイ王女が堂々たる雰囲気で苦言を呈する。さすがは王族だと感心しながら、私も彼女の言葉に頷いた。

「違うんだチャイ、それは誤解だ」

「彼の言う通りだよアリス」

途端に弁明をし始める二人を見て、私達はキョトンと目を丸くした。

「俺達は、互いに婚約者を褒め合っていただけなんだ」

「な、なんですって？」

「紛れもない事実だ。僕達は言い争っていないし、我が婚約者について意見を交わしていた」

いっそ喧嘩をしていた方が良かったのではないかしら……。ユリアン様もランカスター様も自信満々だけれど、言葉の意味が理解出来ない。

「聞くのがためらわれるわ」

「偶然ね、私もよ」

チャイ王女と顔を見合わせ、それ以上追及しないことにした。けれど、二人は勝手に話し始めてしまった。

「俺にとってチャイは女神なんだ。繊細で可憐でこの世の何よりも可愛らしく、まるで神の使いの如く神々しい存在だと、殿下に申し上げていた」

ランカスター様は、その図体に似合わず恋する乙女の顔をする。

「婚約者が何者にも代えがたいという卿の気持ちは良く分かる。僕も、アリスについてはとてもひと言では言い表せない。けれどあえて表現するなら、唯一無二の存在とでもいうのだろうか。とにかく、彼女よりも愛おしいと思う人は他にいない。完璧なようでいて完璧でないところが、とにかく可愛いんだ」

ユリアン様はユリアン様で、恍惚とした表情を浮かべるものだから少し怖い。

「と、こんな具合に語り合っていたというわけだ」

「そんな雰囲気には見えなかったのだけれど……」

「つい夢中になってしまったみたいだ。君を蔑ろにしたわけじゃない。ごめんね、アリス」

別にそこを謝っていただく必要はないけれど、だんだん面倒になってきたからこれ以上の追及はよしましょう。

「すまない、チャイ」

「も、もういいです」

しゅんと俯く婚約者二人に溜息を吐きながら、私達は気を取り直して街を楽しむことにしたのだった。

「見てこれ、凄く可愛い！」

「本当ね。スロフォンは女性が多いだけあって、装飾品や雑貨の種類が豊富だわ」

「そういう職業に就いた方が稼げるから、自然と盛んになったみたい」

普段の立場を忘れ、私達は束の間年相応の少女に戻る。こんな風に友人と買い物を楽しんだのは初めてで、つい人目も気にせずはしゃいでしまった。

「ねぇアリスティーナ」

チャイ王女が、ふいに私の名前を呼ぶ。

「私、ミアン以外の友人とこうして楽しい時間を過ごすのは初めてよ。凄く楽しくて、貴女に帰ってほしくないと思ってしまうくらい」

「偶然ね。私も今、全く同じことを考えていたの。前から思っていたけれど、私達って思考が似ているみたい」

「ふふっ、確かにそうかも」

視線を合わせて笑いながら、あの頃の私からは想像もつかないほどの幸せを胸いっぱいに噛み締めたのだった。

その後もチャイ王女は、時間の許す限り私達を色んな場所に案内してくれた。

ルヴァランチアにはない文化を学べるのが新鮮で、ドレスの裾を持ち上げながら駆け出そうとして、慌ててユリアン様に止められたことも一度や二度ではない。


そうしてあっという間に帰途に就かなければならない日となり、チャイ王女やランカスター様がわざわざ港まで見送りに来てくださった。

「本当にありがとうございました、チャイ王女殿下、ランカスター公」

「こちらこそ、スロフォンにお越しくださったことを心よりお礼申し上げます。ストラティス殿下」

ユリアン様が王子らしく挨拶をしてみせると、チャイ王女もニコリと笑う。この滞在中何かにつけて意見が合わず、バチバチと火花を散らしていた二人とはとても思えないわ。

「チャイ王女。最後にこちらを贈らせてください」

私が彼女に差し出したのは、ラッピングが施された小さな箱。

「まぁ、これを私に？　開けても良いかしら」

「もちろんです」

中身は、私の瞳の色によく似た琥珀色のブローチだった。同じ学園に通うリリナンテ・クリケット嬢に頼んで、特注で作ってもらったのだ。クリケット領では宝飾品の卸売が盛んで、以前私も快気祝いの品として、センスの良い髪飾りを彼女から頂いたことがあった。クリケット嬢ならば、きっと素敵なものを用意してくれるだろうと。

「どうしてこの色なの？」

「距離なんて関係ない、離れていてもいつだって私を頼ってほしいと、そんな想いを込めました」

我ながら気恥ずかしくて、誤魔化すように笑う。するとチャイ王女も同じように照れ笑いをしながら、小さな箱を取り出した。

「私達、やっぱり似た者同士みたいね」

彼女がそれを開けると、中にはキラキラと碧色に光るブローチ。チャイ王女の瞳のように、澄んだ輝きを放っている。

そのブローチを、彼女が私の胸元に付けてくれた。

「私も同じことを考えていたの」

「チャイ王女……」

「よく似合ってる」

ああ、いけない。気を抜くと泣いてしまいそう。私と彼女は、言葉に表せないような特別な関係。負の感情をぶつけ、憎んだこともあったけれど、互いに許し合ったからこそ今こうして生きている。

「ずっと大切にするわ。ありがとう、チャイ」

「私もよ、アリスティーナ。困ったことがあったら、いつでも私を頼って」

彼女が、優しく私の手を握る。温かくて柔らかい、傷一つない綺麗な白い手。牢ではボロボロに掻きむしられていたことを思い出し、堪らない気持ちになった。

「くれぐれも気を付けて」

「貴女もね」

互いに涙ぐみながら、微笑み合う。乗船し、すっかり姿が見えなくなってしまうまで、私は両手をめいっぱい広げて大きく手を振った。

チャイ王女との別れを惜しみつつ客室に戻り、ふぅ……とソファに腰掛けた私に、すぐさまユリアン様が近付いて来た。

「ち、近いです、ユリアン様」

「だって寂しかった」

「ずっと一緒だったではありませんか！」

彼の体をぐいぐいと押してみても、そのしなやかな体のどこにそんな力があるのかと問いたいくらいに、びくともしない。

「だってアリスはリリや王女のことばかりだし、一応王子だからそれらしく振る舞わなきゃいけないし、女王陛下と第一王女からはことあるごとに『アリスを大切に』って言われるし。そんなこと指摘されなくても分かってるのに」

「あ、あはは……」

まず、貴方は『一応王子』ではなくれっきとした本物ですから。

それから、女王陛下や第一王女様については、ユリアン様には申し訳ないとしか言えないわ。

「君が楽しそうだと僕も嬉しいけど、可愛い笑顔を向ける相手があの王女ってところが納得いかない」

「あの方は、私の大切な友人ですわ」

「分かっているから余計嫌なんだ」

普段鉄仮面を極めているユリアン様でも、ずっと気の抜けない環境でさすがに疲れているみたい。

私の我儘に付き合ってくれたのだし、少しくらい労（いたわ）っても良いわよね。

「今回の件、全てユリアン様のおかげです。本当にありがとうございました」

謝辞を述べた私は、彼の頭にそっと手を伸ばす。さらりとしたグレーの髪が、やけに指先にしっくりと馴染んだ。優しく撫でると、ユリアン様の体から力が抜けたような気がする。

よ、よし。ここは恥を捨てて勇気を出すのよアリスティーナ。

覚悟を決めた私は、ソファに腰掛けたままユリアン様を抱き締める。母親が子供をあやすように、彼の顔が私の首元に埋まった。

「ア、アリス……この体勢は……」

「今、私はユリアン様を労りたい気分なのです！　どうかされるがまま、ジッとしていてくださいませ」

ユリアン様も恥ずかしいのか、小さく身を捩る。ギュウッと腕に力を込めて、彼が逃げてしまわないようにもっと体を寄せた。

「正直に言うと、私も寂しかったですわ」

「そうなんだ……」

「ほ、ほんの少しだけですけれど！」

とても大胆なことをしているくせに、肝心なところで素直になりきれない。それでもユリアン様は嬉しそうに私の名を呟いて、ただ身を任せてくださった。

「君は良い匂いがするね」

「か、嗅がないでください！」

「こんなに近くにいるのに、それは無理だ」

そんなことを言ったら、ユリアン様だってそうだ。爽やかなシトラスのような、それでいてどこかスパイシーさを感じるような、とにかくずっと嗅いでいたくなる。

……ああ、もう！　なんて変態的な思考なのかしら！　それもこれも、全部ユリアン様が悪いんだわ！　絶対にそうよ！

「ねぇ、アリス」

一人でグルグルと目が回りそうになっていた私は、ユリアン様の言葉によって現実に引き戻された。

「本当は、少し心配だったんだ。スロフォンを訪れる前に君の話を聞いていたから、もしかすると王女はまだ君に敵対心があるのかもしれないって。そのせいで君が傷付いてしまうことが嫌だった」

「ユリアン様……。そんな風に思ってくださっていたのですね」

確かに私とチャイ王女の関係は、傍から見ればおかしなものだ。あれだけ激しく憎み合ったのに、今ではプレゼントを贈る仲だなんて。

「私達は、もう過去に囚われないと決めたのです。だってそうしなければ、大切なものを守ることは出来ませんから」

「大切なものって？」

「聞かなくても分かるでしょう？」

ユリアン様と体を触れ合わせたまま、私は顔を上げる。こんなにも至近距離にいると、激しく高鳴る鼓動で頭がおかしくなってしまいそうだった。

「ユリアン様は、意地悪ですね」

とろりとした表情を浮かべながら彼を見つめると、グレーの瞳が動揺したように揺れる。

「そんなところも、好きなのですけれど」

ちゅ、と小さな音を立てながら、私は彼の頬にキスをした。

「……君は僕を殺す気なの？」

「ふふっ、まさか」

「ああ、もう。アリスが愛おし過ぎてどうにかなりそうだ……！」

頬を紅く染めながら、ユリアン様が降参したようにそう呟いた。


その後数日間、船室にてユリアン様とひと時を過ごした私は、その甘さに体がどろどろに溶けてしまうのではと心配になり、熱を冷ます為に甲板へと足を運んだ。

「さすがに寒いですわね……」

この辺りには、ルヴァランチアよりも一足先に本格的な冬がやって来たらしい。海風ということもあり、一瞬で体温を奪われた。

「ねぇアリス。ここは寒いでしょう？　一緒に部屋へ戻ろうよ」

ユリアン様がそう言いながら、私の肩に毛皮のストールを掛ける。

「も、もう十分ですわ！」

「僕はまだまだ足りない。もっと君と触れ合っていたい」

「ご、誤解を受けるような言い方はよしてくださいませ！」

「誰もいないから大丈夫だよ」

くつくつと喉を鳴らしながら、ユリアン様は楽しそうに笑う。まんまと揶揄われたことに腹を立てた私は、せめてもの抵抗にふんとそっぽを向いた。

「だけど本当に寒いね。冷たさが肌に刺さるみたいだ」

「確かに、我が国でしたらこのように本格的な冬はもう少し先ですものね」

「この辺りは、夏期でも空気がさっぱりとしているらしいよ」

そうだったかしら？　海を隔ててはいるものの、スロフォンは我が国とほとんど変わらない気候だったはず。今は海上にいるから、余計に寒く感じるだけなのだと思っていた。

「ユリアン様。私達、今ルヴァランチアへ帰国しているのですよね？」

「うん？　まぁ、最終的にはそうなるよ」

「さ、最終的には？」

含みを持たせた言い方が、なんだかとても怪しい。ユリアン様は私の反応が予想通りだったのか、悪戯が成功した子供のような表情をしてみせた。

結局、船は自国ではない別の港に停泊した。何も知らされていない私は、ただ困惑するばかり。ユリアン様に手を引かれながら、私は彼についていくよりほかなかった。

「ユ、ユリアン様。もうしばらく歩いていますけれど、一体どこへ……」

これでもかというほど着込まされ、足元は温かなブーツを履かされ、坂道をひたすら歩かされた。もうすぐ日も暮れるというのに、彼は何を考えているのだろう。

さすがに文句の一つでも投げつけてやろうと思っていた矢先、ユリアン様の足がぴたりと止まった。

「ほら見てアリス、凄いでしょう?」

ぜいぜいと息を切らして下ばかり見ていた私は、彼に促され顔を上げる。すると眼前に、見たこともないような美しい光景が広がっていた。

「これは……とても綺麗ですわ……」

小高い丘の上から、街の景色が一望出来る。ここはスロフォンとルヴァランチアの境目に存在している小国で、標高の関係でこうしてひと足早く冬が訪れるらしい。

小さな建物がひしめき合うように並び、まるで粉砂糖を振りかけたかのように、辺り一面が白い雪に覆われている。

風が吹くたびに粉雪が舞い、キラキラと光り輝いているかのように映った。

夕刻も近い為、街のあちこちに街灯が灯されている。ぼんやりとしたオレンジ色の光が、より一層この景色を幻想的に見せていた。

「僕が留学から帰った後に、二人で他の国について色々話したことがあったでしょう？　あの時アリスは、雪が見たいって言ってたよね。ルヴァランチアにも雪は降るけどすぐに溶けるし、馬車や人の足ですぐに踏み固められて、こんな風に真っ白には見えないから」

「そんな昔の話を、ずっと覚えていてくださったのですか？」

私でさえ、言われなければ思い出せなかったような古い記憶。彼がそれを、私の為に実現させようと思ってくれたことが、何よりも嬉しい。

「もしかして、この景色を見るためだけに入国許可を取ってくださったのですか？」

「もちろん。言ったでしょう？　僕はアリスの為なら何だってするよ」

「ユリアン様……」

嬉しい、嬉しくて幸せで心がホカホカしてきた。

「アリスのことは、僕が一番分かってる。もちろん、あの王女よりずっとね」

「ふふっ、張り合う必要なんてありませんのに」

彼女にまで対抗心を抱くなんて、ユリアン様は本当に変わっている。そして、彼のそんなところが可愛らしいと思ってしまう私も、普通ではないのかもしれない。

「とても嬉しいです、ユリアン様。本当に、息が止まってしまうくらい美しいですわ……」

凍てつく寒さも、今はちっとも気にならない。眼下に広がる神秘的な景色に、ただただ目を奪われた。

「リリは船に残してきたけれど、せっかくなら連れてきてあげれば良かったわ。だってこんなの滅多に見られな……」

「ごめん、アリスティーナ。ちょっとこっちを向いて？」

ふいに名を呼ばれ、彼の方に視線を向ける。グレーの瞳が雪の白を取り込み、いつもよりもずっと魅惑的な色をしていた。

何かを決意したような顔をして、ジッと私を見つめる。ほんのり紅く染まった頬は、寒さのせいだろうか。

「僕は君を、この世界の誰より何より愛してる。良いところも悪いところも、幸せも苦しみも、これから先の人生全てを、君と一緒に歩いていきたい」

「あ、あの……ユリアン様……」

「僕と結婚してほしい、アリスティーナ」

だって私達は、既に婚約を結んだ仲じゃない。そんな、改めてプロポーズなんてしなくても、私はとっくに貴方のもので……。

「はい、もちろんです。私も貴方を……ユリアン様をこの世界で一番に愛しています。どうか私を、貴方の妻に」

　溢れる涙を拭うことすら忘れて、私はユリアン様の胸に飛び込んだ。しっかりと回された両腕は、雪を溶かしてしまいそうなほどに熱い。

「アリス、アリス、アリスティーナ……」

「そんなに何度も呼ばなくたって、私はここにいますわ」

　息が出来ないくらいに抱き締められても、ちっとも嫌だと感じない。むしろこの幸せな時間が、永遠に続けばいいのになんて思ってしまう。

　そんなのよくないわよね。だってこの先、私もユリアン様ももっともっと幸せになれるのだから。その為には、決して歩みを止めたりしないのよ。

「まさか最後にこんなサプライズが待っていたなんて、思ってもみませんでした。さすがユリアン様は、笑顔で私を驚かせる小悪魔ですわね」

「これからも期待していて」

　見つめ合い、微笑み合い、私達はとても自然に初めてのキスを交わしたのだった。

第六章 幸せは皆で作るもの

時が過ぎるのって、どうしてこんなに早いのかしら。今の私は二十七歳だけれど、一番最初の人生を合わせると、もう数えるのが嫌になるくらいの歳だもの。

「お母様！　どこですかぁ⁉」

何十と部屋があるほど広い屋敷中に響く、可愛らしい声。といっても一日に百回は名前を呼ばれるから、しまいには返事をするのが面倒になってくるわ。

ふぅ……と溜息を吐きながら、私は愛しい息子の下へと足を進めた。

「お母様！　お母様ぁ！」

「サイラス、お母様はここよ」

「ああ、お母様！　目が覚めたらいないから、僕とっても悲しかったです！」

まんまるの瞳を潤ませながら、私を見るなりどん！　と勢いよく抱きついてくる。サイラスは、私とユリアン様の愛する息子だ。

「ごめんなさいね、サイラス」

「僕、お母様がいないと生きていけません！」

「まぁ、大げさなんだから」

今年五つになるサイラスは、私のことが好き過ぎる。ユリアン様に似ている……というより、ユリアン様に輪をかけて愛情表現が激しいかもしれない。

少しでも私の姿が見えないと、すぐにこうして大声で捜し始める。可愛くて堪らないのだけど、このままでいいのかしらと心配にもなるわ。

サイラスは王族なのだから、乳母に育てられるのが普通だ。サイラスにもマンサという大らかで頼りになる乳母がいるのに、お母様お母様と私にべったりで困ってしまう。

サイラスは髪と瞳はユリアン様の色を受け継いでいるけれど、その他はどちらかというと私に似ていて、とても愛らしい顔立ちをしている。

将来の為に厳しく躾けなければと思う反面、我が子可愛さについ甘やかしてしまうのも事実だった。

「お母様はいつも美しいです」

「もうサイラスったら。お父様のようなことを言って」

「お父様は大好きだけど、僕のライバルでもあります！　この間も、お母様は自分のものだと僕に宣戦布告してきたのですよ！」

いつの間にそんな難しい言葉を覚えたのかしら。サイラスは本当に賢い子だわ。

それにしてもユリアン様ったら、子供相手になんてことを言うのかしら。大人気ないんだから、まったく。

「お母様、僕と遊びましょう？」

「貴方、これからピアノのレッスンがあるのではないの？」

「それはもう、午前のうちに終わらせました！　少しでもお母様と一緒にいたかったから」

ニコニコと満面の笑みを向けられてしまうと、もうどうすることも出来ない。結局私はいつもこうして、サイラスにしてやられるのだ。

「お母様、またサイラスを甘やかしていらっしゃるの？　公爵家の長男たるもの、もっと堂々としていないとカッコ悪いわ」

「あら、アイラ。お裁縫の時間は終わったの？」

「いつも通り、淑女教育なんてこの私には朝飯前だわ」

優雅な所作で螺旋階段を降りてきたのは、愛娘アイラ。サイラスよりも二つ歳が上で、見た目はユリアン様にそっくり。アイラよりも美しい令嬢なんて、この世にはいないのではないかしら。ちなみに、中身はまるで映し鏡のように私によく似ていた。

「それよりお母様は、サイラスに甘過ぎるわ。将来はこの公爵家を継ぐ身としてもっと厳しく躾けないと」

「アイラは手厳しいわね。サイラスはまだ五つだから、つい甘やかしてしまうのよ」

「私が五歳の時は、もう絵本やままごとなんてとっくに卒業していたわ」

すっきりとしたグレーの瞳は、自信に満ち溢れている。彼女は七歳にして、既に立派な淑女。それでも私にとっては可愛い娘なのに、子供扱いすると怒られてしまう。

「サイラス。お姉様と遊ぶのはどう？」

「いやだ！　僕はお母様がいい！　それにお姉様は、いつも僕を叱るんだ！」

サイラスはいやいやと首を振りながら、小さな手で私のドレスを必死に掴んだ。

「それはサイラスが、何も出来ないお子様だからでしょう？」

「アイラ、今のはいけないわ。確かに貴女は才女だけれど、だからといって相手をバカにするのはよくないことよ」

彼女を見ていると、時折昔の私の面影がよぎることがある。絶対にああなってほしくないからこそ、アイラには少し厳しくしている面もあるかもしれない。

大人びた彼女は口がよく回り、言い方もキツいから時折私と本気で喧嘩をすることもある。きっと似た者同士だから、そうなってしまうのよね。

最後には必ず抱き締めて、貴女のことが大好きよと伝える。これは、ユリアン様からのアドバイス。

「……少し言い過ぎたわ。ごめんなさい、サイラス」

「ううん！　僕も本当はお姉様が大好きだよ！」

アイラは、昔の私よりもずっと素直で優しい。そんな姉弟のやりとりを微笑ましく見つめながら、私は二人の手をキュッと握った。

「そうだ、三人でお茶にしましょうか。ちょうどリリがマドレーヌを焼いてくれたのよ」

「リリのマドレーヌ⁉　食べたい！」

「私も、リリの作るものは好きだわ」

サイラスはキラキラと瞳を輝かせ、アイラも喜びが隠しきれていない。

「ほら、行きましょう！」

私は愛する子達の手を引いて、芳醇なバターのいい香りがする方へと向かって歩きだしたのだった。

ユリアン様が公爵位を賜ったのは、アイラが生まれてからすぐのこと。王都に近い領地を賜り、領主として毎日忙しなく働いていらっしゃる。

私も公爵夫人として、この屋敷を取り仕切る女主人として、遺憾なく手腕を発揮している。といっても、つい苛々して使用人に当たることもあり、なぜあんな言い方をしてしまったのかしらと、自省することもしばしば。

この歳になっても、妻となり母となっても、元のアリスティーナはしっかりと残っている。

とはいえ、結婚と出産という人生の大きなイベントをユリアン様と共に乗り越えて、我ながら随分落ち着いたのではと思う。

自分のことには自信が持てても、それ以外についてはなかなか難しいのよね。例えば、妻としてユリアン様の助けとなっているのか、母として二人の手本となれているのか、そんなことを考え出すと、本当にキリがない。

天下のアリスティーナも、守りたいものが増えるたびに悩みのタネは尽きないのだ。

「奥様、どうぞ」

「ありがとう、リリ」

私の目の前に、シンプルでセンスの良いティーカップが静かに置かれる。柔らかな表情をしたリリが、私を見て微笑んだ。

「貴女に奥様と呼ばれるのも大分慣れたわね」

「それはもう、お二人がご結婚されて十年になりますから」

「いつの間にかそんなに経ったのね」

「私の中では、いつまでもお可愛らしいアリスティーナ様のままなのですけれど」

ふふふと笑う彼女に向かって、私は唇を尖らせる。

「私だって、いつまでも我儘な悪役ではないんですからね？」

「分かっていますよ。奥様は私にとって今も昔も変わらず、唯一無二の大切な方ですから」

「ああ、リリ……っ」

子供達がマドレーヌに夢中になっている間だけ、私も大好きなリリに甘えた。ユリアン様が彼女をこの屋敷にも連れてきてくれたおかげで、私はまたこうしてリリと過ごすことが出来ている。

「奥様、お寛ぎのところ失礼いたします。少々お時間よろしいでしょうか」

家族団欒の穏やかな時間を過ごしていると、屋敷の執事が私の下へやって来た。

「ええ、どうしたの？」

「ウンディーネ様がいらっしゃっております」

「ウンディーネ様が⁉」

急に大声を出したものだから、マドレーヌがウッと喉に詰まる。慌てて紅茶を飲み干すと、アイラが呆れたような瞳でこちらを見ていた。

「お待たせいたしました、ウンディーネ様」

「アリスティーナ！　連絡もせず、突然来てしまってごめんなさい。どうしても貴女に会いたくなったの」

「私は構いませんが、わざわざご足労いただかなくとも、こちらから参りましたのに」

私がそう口にすると、彼女はうんざりした様子で首を振った。

「私だってたまには、王宮から離れたいのよ。マッテオが即位してからというもの、もう目の回るような忙しさで参ってしまうわ」

「王妃陛下もご苦労なさっておいでですね」

「ちょっとアリスティーナ。ここではそんな堅苦しい態度を見せないで？　私は貴女を、本当の妹のように思っているのだから」

「とても嬉しいです、ウンディーネ様」

私達は笑いながら、互いに近況などを報告しあったのだった。

彼女にお会いしたのは、私が学園在学中だっただろうか。彼女のお父様であるヨーク公爵と共に、学園へ視察にやって来た。生徒会長として初めて挨拶をしたのだけれど、ウンディーネ様は私を見るなり駆け寄ってきて、いきなり両手をがっしりと掴んだのだ。

「以前貴女をお見かけして、ずっとお話がしたいと思っていたの！」

「は、はぁ……」

「アリスティーナさんの凛とした態度に憧れて、私も真似してみることにしたのよ！　そうしたら、あのマッテオ殿下がなんて言ったと思う？　『貴様覚えてろ！』ですって！　いつも下に見ていた私に反発されて、真っ赤な顔をして逃げていったわ！　ああ、いい気味！」

ウンディーネ様は、私が抱いていた印象とはかけ離れた方だった。というより、私に影響を受けて『こう』なってしまったらしい。

キラキラと輝く瞳で見つめられて、当時の私は大いに困惑した。けれどすぐに仲良くなり、婚約者の愚痴を言い合ったり妃教育の辛さを分かち合ったりし、互いに結婚し子供が生まれた今でも、ウンディーネ様はこうして私を気に掛けてくれる。

マッテオ殿下……もといマッテオ陛下は相変わらずいけ好かない嫌味男だけれど、彼女の手綱の握り方が素晴らしく、大臣やそれに準ずる貴族からは「絶対にウンディーネ様を手放すな」と言われているとか。

私達の仲が良いので自然と家族間の交流も増え、そうすると必然的にユリアン様とマッテオ陛下も顔を合わせることになる。最初は二人とも心底嫌そうな雰囲気を醸し出していたけれど、年数が経つにつれバカバカしくなったのか、それとも元々馬が合うのか、つかず離れずそれなりに上手く折り合いをつけているようだ。

「マッテオはからかい甲斐があるし、もちろん子供達は可愛いし、王妃でいるのは大変だけれど、それなりに充実しているわ」

「もしもウンディーネ様がいなくなったら王宮は大惨事ですし、マッテオ陛下はカラカラに干からびそうなほどに泣いてしまわれるのでは？」

「それはそれで見てみたいかもしれないわね」

マッテオ殿下を苛める想像をしている時のウンディーネ様は、途端に表情が光り輝く。

「なんにせよ、アリスティーナに出会えたおかげで、私は今自分を偽らずに生きられているの。貴女には本当に感謝しているわ」

「ウンディーネ様が本来優秀な方だったというだけのことだと思いますが、そんな風に言っていただけるととても嬉しいです」

「これからも仲良くしましょうね」

「はい、もちろんです」

まさかマッテオ陛下の奥様と懇意になる日が来るなんて、あの頃の私には想像もつかなかった。何も知らない昔の私だったなら、この方の内面を知らないまま地味でつまらないと、バカにしていたかもしれない。

自分以外の誰かと関わりを持つということは、ほんの少し怖くて、その何倍も楽しい。それを知っている私は、正に無敵のアリスティーナということね。

楽しそうにお喋りを続けているウンディーネ様を見つめながら、私もこのひと時を大いに満喫したのだった。


「お父様、お帰りなさい！」

「今日は早かったのね、お父様」

仕立てのいいスーツに身を包んだユリアン様は、使用人に荷物を預けながらこちらに向かって柔らかな表情を浮かべる。

彼も私と同じく二十七になり、大人の色香が日に日に増している。悪役アリスティーナの噂を知らない令嬢達が、既婚者でも構わないと彼に擦り寄ることもたまにあるけれど、そんな時は高笑いしながら言ってやるのよ。

「ユリアン様の心を掴みたいのなら、人生をやり直すくらいの覚悟を持つことね。そう、この私のように！」

そうすると、大体は私を変な物でも見るような顔をして、去っていく。それでも退かない身のほど知らずは、ユリアン様が「アリスティーナ以外の女性に魅力を感じない」とバッサリと切り捨てておしまいとなる。

「ユリアン様、お勤めお疲れ様でした」

「今帰ったよ、アリスティーナ。変わったことはない？」

「本日は、ウンディーネ様がいらっしゃいました」

「また陛下の愚痴を溢しに来たのか。あの方も大変だな」

苦虫を噛み潰したような顔をするユリアン様に、私も苦笑しながら頷いた。

「聞いてください、お父様。サイラスったら、今日もお母様にべったりでしたのよ。公爵家長男たるもの、もっと堂々と構えていなければいけないのに」

食事の席で、アイラがそう口にする。彼女の所作はとても綺麗で、私の娘はなんて優秀なのかしらと、いつも感心していた。

「別にいいじゃないですか。外ではちゃんとしているんですから」

サイラスも努力をしようという気持ちは見えるのだけれど、毎回一度はフォークを床に落とす。その度に軽く窘めるけれど、意地悪ではなくてサイラスの為にそうしている。

いくら可愛いからと言って甘やかしてばかりでは、かつての私のように育ってしまうから。

「どちらの意見も分かるな。アイラは自立した頼り甲斐のある子だし、サイラスは人付き合いが上手い。それに、アリスティーナに甘えたくなる気持ちはとても良く分かるしね」

「ユリアン様！　それは子供達の前で仰らなくて結構です！」

キッと鋭い視線を送っても、ユリアン様はどこ吹く風。一層深みを増したグレーの瞳は、愉快そうに細められていた。

「お父様ったら、公爵としてお勤めを果たしている時はあんなに凛々しくて素敵なのに、お母様のこととなるとまるでサイラスみたいになるんだから」

アイラが呆れたように溜息を吐いた。サイラスはむう……と唇を尖らせている。

「お母様の素晴らしさを語り合えるのは嬉しいのですが、あまりお父様と仲良くしてほしくないです」

「あら、サイラス。夫婦仲が悪いと、子供である私達への風当たりが強くなるかもしれないわよ。特にお母様は、沸点が低いんだから」

「アイラはなんてことを言うのかしら……」

「お母様の感情に素直なところも好きよ？　私はいつも合理的に物事を判断する質だから、失敗というものがなくてつまらないわ」

我が子ながら、どちらも癖が強過ぎる。サイラスもアイラもとても可愛らしくて良い子なのだけれど、時折親も驚くような発言をするのは考えものだわ。

んん！　と咳払いをして、この空気を変えようと私はアイラに視線を向けた。

「貴女が立派な淑女だということは分かっているけれど、たまにはお母様に甘えてもいいのよ？　いくつになっても、二人は私の大切な子供なのだから」

「嫌よお母様。赤ん坊じゃないんだから、甘えるなんてそんなこと出来ないわ」

「だったら、お母様が貴女に甘えようかしら」

私がそう言うと、アイラの涼しげな目元がピクリと反応を示した。

「お母様がアイラと一緒に過ごしたいの。たまには二人で、ゆっくりお喋りでもしましょうよ」

「だけど私、夜は今日習ったことの復習をしなきゃ……」

「たまには良いじゃない。お母様のお願いを聞いて？　ね？」

アイラの滑らかで真っ白な頬が、微かに赤く染まる。彼女は意地っ張りで、なんでも抱えてしまう性分だから、母親である私がよく見ていないといけないわ。悲しい思いなんて、絶対にさせたくないもの。

「し、仕方ないわね！　お母様がそこまで仰るなら、時間を作ってあげないこともないわ」

「ふふっ、楽しみねアイラ」

大人びていても、彼女はまだたったの七歳。両親に甘えたい気分の時だってあるだろう。サイラスがそれを隠さないから、ますます自分がしっかりしないと、という気持ちが先行しているのだと思う。

ああ、何年経っても母親って難しいわ。明確な答えのない問題を常に解かされている気分よ。

「……へへ」

ふとアイラの表情が緩み、ほんの一瞬子供らしい笑みが浮かぶ。あまりの可愛らしさに今すぐ抱き締めて頬擦りしたい衝動にかられたけれど、彼女が嫌がることはしたくないからグッと堪えた。

「ズルいです、お姉様！　僕だってお母様と二人でお話ししたい！」

当然これに異議申し立てするのはサイラスで、もちもちの頬をこれでもかと膨らませながら、私とアイラに抗議する。

「サイラス、たまにはお父様と一緒に遊ぼう。お前が今したいことはなんだ？」

「お父様には教えたくありません！」

「サイラスはお裁縫に凝っているのよね」

「お、お姉様！　どうして話してしまうんですか！」

あらあら。サイラスが黙っていてほしいと言うから私は誰にも話さなかったのだけれど、いつの間にかアイラに知られていたのね。

「どうせ呆れるんでしょう？　男の子のくせにお裁縫なんておかしいって……」

サイラスは瞳に大粒の涙を溜めながら、しょんぼりと俯いた。いくら愛嬌があって可愛らしくても、男子としてのプライドはちゃんと備わっている。

「お母様がそう言ったのか？」

「まさか！　お母様が僕を否定したことなんて、一度もありません！」

「お父様だってそうさ。お前がそれをやりたいと思うのなら、とことん突き詰めてやれば良い。他を蔑ろにしても構わないという意味ではないが」

ユリアン様は立ち上がり、ぽんとサイラスの肩を叩く。彼は自分よりずっと背の高い父親を、まっすぐな瞳で見上げていた。

「お父様にも見せてくれ」

「だけど、興味がないんじゃ……」

「裁縫に関しての知識はないが、お前のことはなんでも知りたいよ、サイラス」

先ほどまでどんよりと曇っていた顔が、途端にぱあっと晴れる。サイラスは子供らしい無邪気な笑顔で、何度も何度も頷いた。

「さぁ、そろそろ食事を再開しましょう。二人とも、好き嫌いをしてはダメよ」

「はい、お母様！」

「そういうお母様こそ、今日はリリにこっそり青豆を抜いてもらうのはナシですからね」

「き、気付いていたの⁉」

ぱん！　と手を叩いて母親らしいことを言ったのに、アイラに指摘されてぐっと押し黙る。

そんな私を見て、ユリアン様が愉快そうに目を細めていた。

私はアイラと、ユリアン様はサイラスと。それぞれ思い思いの時間を過ごした後、子供達はベッドに入るや否やことりと眠ってしまった。満足そうなあどけない寝顔を堪能し、私達は子供部屋を後にする。

夫婦共有の寝室に着くと、ユリアン様はすぐに私の側へやってきた。

「サイラスは器用だな。僕とは大違いだ」

「ユリアン様は、意外と細かな手作業が苦手ですものね」

「そういうところは君に似て良かった」

穏やかな口調でそう言った後、ユリアン様は私の頬に軽いキスを落とす。

「アイラとはどうだった？」

「ええ、とても充実した時間を過ごせました。あの子ったら、普段なかなか恥ずかしくて言えないけれど、本当は私達をとても尊敬してくれているって」

「しっかりしていても、まだ七歳ということを忘れてはいけないね」

「そうなんですの。ついあの子に頼ってしまいがちだから、私も気を付けないと」

ふう、と小さな溜め息を吐く私に、ユリアン様は優しげに微笑む。

「君は良くやっているよ。公爵家の女主人としても、母親としても、妻としても」

「リリやウンディーネ様や、色々な方の手を借りてやっと……といったところですけれど」

若かりし頃は根拠のない自信に満ち溢れていたけれど、歳を重ねるにつれ、それはどんどんと萎んでいく。

自分自身のことだけを考えて生きていた時とは、心持ちがまったく違う。今は、守るべきものがある。自分さえ良ければそれでいいという時代は、とっくに過ぎ去ったのだ。

「ユリアン様もお疲れでいらっしゃるのに、私が弱音を吐くのはいけませんわね」

「そんなことないよ。君が子供達をいつまでも可愛いと思うように、僕にとっても君は永遠に、可愛いアリスティーナのままだ」

愛しい夫と共にベッドに腰掛け、彼の肩にそっと頭をもたせ掛けた。

「ではここからの時間は、ユリアン様がたっぷり私を甘やかしてくださいますか？」

「もちろん。それは僕だけの特権だから」

「たくさん我儘言いますわよ？」

「望むところさ」

視線を絡ませ微笑み合いながら、どちらからともなく唇を寄せる。小鳥が啄（ついば）むように、何度バードキスを繰り返した。

「ふふっ、くすぐったい」

「じゃあ止める？」

「もう、相変わらず意地悪ね」

彼の首に両手を絡ませ、私から積極的に唇を重ねた。ユリアン様は私のものだと、互いの心に刻み込むように深く、もっと深くとどんどん欲が湧き上がる。

「アリス……君の色気にあてられて頭がクラクラするよ」

「構いませんわ。もっと私に酔ってくださいませ」

「これじゃあ、どちらがご褒美をもらっているのか分からないな……」

ユリアン様の声色に、いつもの余裕はなかった。少しだけ乱暴に私の肩を掴むと、そのまま二人でベッドへと沈み込む。

もう数え切れないほどこうして愛を確かめ合ってきたけれど、いつだって胸の高鳴りは抑えられない。

「アリス……愛してる」

「私も愛しているわ」

熱を帯びた息遣いと共に耳元で囁かれる愛の言葉に、私の心は蕩けるような幸せで溢れていた。

ある日の午後、私は先代の王妃陛下であるカトリーナ様にお会いする為に、彼女が暮らしている別宮へとやって来た。先代の国王陛下が譲位なされてから、カトリーナ様は新たにサロンを築き、現在はそこで悠々自適な生活を送っていた。
「カトリーナ様、本日はお招きいただき誠に感謝いたします」

「堅苦しい挨拶は抜きにして、さぁ座ってちょうだい、アリスティーナ」

カトリーナ様は、歳を重ねられてもそのお美しさは変わらない。誰もが目を惹かれるような華やかさというより、凛とした佇まいと静かな芯の強さが魅力的な女性だ。

以前の私は、そんなカトリーナ様のことを「王妃の割に地味ね」なんて思っていたのだから、本当に上辺でしか物事を判断していなかった愚か者だったわ。派手であればあるほど良いと、本気で思っていたのよね。

先代の国王陛下は今でこそ穏やかな雰囲気を湛えているけれど、ユリアン様によると、男尊女卑思想の濃い方だったらしい。そのせいで、髪と瞳の色が異なるユリアン様が誕生した時、カトリーナ様はそれはそれは責められたのだろうと、いつだったか漏らしていた。

ユリアン様を好きになってからは、カトリーナ様のことを「なんて酷い母親なのかしら」と思っていたけれど、今にして思えばそんな簡単な話ではなかったのよね。抱えるものが多過ぎて、どこかに捌(は)け口を見出ださなければ自分が壊れてしまう。私はチャイ王女に、チャイ王女は私に、そしてカトリーナ様はユリアン様に、負の感情をぶつけてしまった。

まぁ私は単なる嫉妬だから、少し立場が違うかもしれないけれど。

「つい先日、ウンディーネ様が我が屋敷へいらっしゃいました」

カトリーナ様が紅茶のカップに口を付けたことを確認してから、私も同じようにカップを手に取る。

「女性同士仲良くしているようで私も嬉しいわ。ウンディーネとマッテオは上手くいっているのよね？」

「はい。お二人で力を合わせ、この国をより一層盛り立ててくださっていると」

「私も、昔はマッテオしか見えていなかったけれど、今になって思うと少し甘やかし過ぎてしまったのよね」

いいえ、カトリーナ様。少しではないと思います。ウンディーネ様に出会えたことは、あの方の最大の幸運だわ。

「ユリアン様との関係も良好ですし、先の交易拡大の件についてもお二人でよく議論をなさっているようです」

「マッテオもユリアンも、本当に妻に恵まれたわ。私が母親としてしてやれたことは少ないけれど、人を見る目だけはあったみたい」

「ありがたいお言葉、大変光栄に思います」

ここに来ると、紅茶が本当に美味しいのよね。これを飲みたいが為に足を運んでいるとは言わないけれど、ほんの少しくらいは理由に含まれているわ。

「いけない、失念しておりました。こちらをカトリーナ様に」

「いつもありがとう。もうこのおしろい以外は使えなくなってしまったから、嬉しいわ。私のように肌の荒れやすい女性でも安心して使えるものは、なかなかないから」

私が彼女に渡したのは、スロフォンで作られたおしろい。因縁の品といっても過言ではないのだけれど、今の私はこれにとても助けられていた。

「マッテオ殿下が交易拡大に成功した暁には、こちらの品を独自に加工したものを取引の目玉の一つにしていただけると」

「それは良かったわ。貴女って美しく堂々としているだけではなく、商才も備わっているんだもの。どこまで完璧なのかしら」

そう、その通りなのよ。何をやらせても期待以上の成果を出せるのが、この私アリスティーナなのよ！

……なんて。決して一人の力で成り立っているわけではないのだけれどね。

「これも優秀な薬学医と、スロフォンの女王陛下のご尽力の賜物です」

「女性が扱う化粧品に医学知識が役立つなんて、その方の着想は素晴らしいわね」

「元々は、酷い手荒れを治したくて始めたことだと、聞き及びました」

『優秀な薬学医』とは、もちろんウォル・ターナトラーさんのこと。彼はご両親の後を継ぎ、自領のみならず各地を巡り病気に苦しむ人々の手助けをしている。

そしてそんな彼を、妻として献身的に支えているのが、なんと私の取り巻きでもあったサナなのだ。今でもよき友人として、家族ぐるみで交流を続けている。本当、運命って摩訶不思議で面白いわ。

「貴女は優秀な人を惹きつける力を持っているのね」

そう言われ、私はこれまでのことを思い返す。小さく首を振って、ゆっくりとカップをソーサーに置いた。

「皆さん一人ひとりが、素晴らしい才能を持っています。私はその力を借り、より良い未来の為に常に考え続けなければと思っているのです。もっとも、かつては悪役令嬢などと呼ばれた私ですから、今でも独りよがりな行動をしてしまうことも常ですが」

「ふふっ。それもアリスティーナの魅力の一つよ」

時を経て、カトリーナ様がユリアン様と同じ台詞を私にくださる。やはり親子なのだと、つい感慨に耽ってしまった。

「ありがとうございます、カトリーナ様。これからもどうぞ、お力添えをよろしくお願いいたします」

「もちろんよ。息子の妻を可愛がらないはずがないわ」

カトリーナ様が微笑むと、目尻に柔らかな皺が寄る。温かな気持ちを胸に、私は再び紅茶に舌鼓を打ったのだった。

カトリーナ様のサロンを後にした私は、宮殿の廊下を歩きながらふと彼女のことを思い浮かべていた。チャイ王女……もといチャイ様は、今はもうスロフォンにはいない。ランカスター公爵の下へ降嫁した後、公爵夫人として彼の国で幸せに暮らしている。

頻繁に会うことは出来ないし、何かと忙しく手紙のやり取りもままならないけれど、互いの結婚や出産などの折には、必ず顔を合わせていた。

チャイ様はどこへ行っても妖精のように可憐だと誉めそやされ、ランカスター様と並ぶとまるで『妖精と野生の熊』だと、まことしやかに囁かれたらしい。二人の馴れ初めを元にした娯楽小説や観劇も作られたようで、嬉しいやら複雑やらと、いつだったかチャイ様が笑いながら話していた。私の妄想が現実になったと、ついはしゃいでしまったのを覚えている。

今回のおしろい輸入の件に関しても、女王陛下と私の間を取り持ってくださったのはチャイ様に他ならない。元々スロフォンの王族女性のみが扱える高価な化粧品だったのを、我が国にも輸入できるようにと、上手く話が纏まるよう働きかけてくれた。

こちらでも、基本的には王族や高位貴族にしか販売していない。無闇にばら撒けば価値を下げることになるし、スロフォンでしか取れない貴重な花の胚乳部分を使用している為に、そもそも数がない。

そこで私は、そのおしろいを元にもっと安価で数も多く生産できるようなものを作れないかと閃いた。ユリアン様に相談して、ウンディーネ様やターナトラーさん達の力も借りながら、自然由来の成分を多く含むおしろいを生み出すことに成功したのだ。

スロフォンの女王陛下とは交渉の結果、このおしろいを優先的かつ価格や関税を下げ輸出すると、取引を結んでいる。その辺りの知識には明るくないので、他の方に任せている。ちなみに女王陛下は譲位することもなく現役で、精力的過ぎてむしろ困ると、以前訪問した際に第一王女様が愚痴を溢されていたのを思い出す。

時にぶつかり時に慰め合いながら、それぞれが己に出来ることに努め精いっぱい生きている。もちろん、この私も。

「うわ、嫌な顔を見た」

私がいることに気付くなり開口一番、失礼極まりない言葉を投げつけて来たのは、マッテオ国王陛下。昔から変わらず、似た者同士の私達は反りが合わない。

私だって、せっかくカトリーナ様と楽しいひと時を過ごしていたのに、帰り際に貴方の顔を見なくちゃならないなんて、とんだ災難だわ。

「国王陛下。本日もご健勝で何よりでございます」

思いきり引きつった笑顔をお見舞いしてやれば、陛下は苦々しげに小さく舌打ちした。

「まったくお前は、何年経っても可愛げというものが身につかないな」

「あらあら、それは困りました。常日頃から、ウンディーネ様に王族の妻のなんたるかをご教示いただいているというのに、私の力不足でございます。今すぐウンディーネ様に謝罪を」

「や、止めろ！　アイツの名を出すのは卑怯だ！」

「私は、あの方を心よりお慕い申し上げておりますので」

ふふふ……と笑みを作ると、陛下もそれ以上の攻撃は諦めたようだった。

「そういえばお前、なんでこんなところにいるんだ」

「カトリーナ様にお会いしておりました」

「ふん。相変わらず媚を売るのには精力的だな」

ああもう、腹立たしいったらないわ！　今ここに刺繍針と糸があれば、その煩い口を縫い付けてやったのに！

「なんだ？　何か言いたげな顔だな。遠慮しなくても、昔のように言い返してもいいんだぞ？ん？」

「……いいえ。国王陛下に不敬を働くわけには参りませんので」

「あっはっは！　実に気分が良いな！　国王になった甲斐もあるというものだ！」

今に見ていなさいよ、今度ウンディーネ様にお会いしたら「陛下に苛められました」と言って、泣きついてやるんだから！

私はぎりりと奥歯を噛み締めながら、この男が思いきり妻になじられヘコヘコ頭を下げているのを想像し、溜飲を下げた。

「そういえば、あのおしろいの生産については順調か？」

「はい、つつがなく。陛下が薬草園を新たに建設してくださったおかげで、良い状態の原料が豊富に収穫出来ていると聞き及びました」

「そうか、さすがは俺だな」

元の発案者はユリアン様だと知っているんだから。そんな間抜けな高笑いをして、国王陛下の威厳も何もあったものではないわね。

「では、私はこれにて失礼いたします」

自分からこの場を立ち去るのは失礼にあたると分かっているけれど、これ以上この男と同じ空気を吸っていたくないから仕方ないわ。

「待て、アリスティーナ」

国王陛下が、珍しく私の名前を呼んだ。

「……を、その……しく、たの……」

「はい？　よく聞き取れません」

「ウ、ウンディーネをよろしく頼むと、そう言ったんだ!!」

真っ赤な顔をしながら大声で叫ぶと、陛下はふん！　と鼻を鳴らして私の横を足早に通り過ぎていく。

「……ふふ、素直ではないんだから」

いけ好かない相手に頼むくらい、ウンディーネ様を愛していらっしゃるくせに。

あまりガタイの良くない背中を見つめながら、私は恭しく頭を下げたのだった。

マッテオ陛下と別れ、次に私がやって来たのは宮殿から少し馬車を走らせた場所にある訓練場。

そこでは、クアトラ家二番目の兄であるレオリオ兄様が、新米騎士達に怒声を飛ばしていた。

「反応が遅い！　訓練だからと手を抜いているのか貴様！」

相変わらず熱い人だわ。念願の近衛騎士団に入団したお兄様はめきめきと頭角を現し、今では副団長を務めているのだから、妹としても鼻が高い。

「申し訳ございません、クアトラ副団長！　もう一度お願いします！」

「ならん！　貴様がいると士気が下がる。出ていけ！」

「いえ、もう一度やらせてください！」

お兄様に叱責された見習いと思しき団員の一人が、額に玉のような汗を吹き出しながら、必死に食らいついている。私の知っているお兄様って、こういう根性のある方が大好きなのよね。

「よし、戻れ！　もう一度叩き込んでやる！」

ほら、やっぱりだわ。私が男だったら、レオリオお兄様の下で働くなんてお断りだけれど、決して悪い人ではないのは分かってる。

誰よりも声を張り上げながら訓練に励んでいるお兄様を少し離れた場所から見つめながら、私は口元を扇子で覆った。

「アリスティーナ！　久しぶりだな！」

「そうかしら？　ついこの間も会ったような気がするのだけれど」

「あんなものは会ったうちに入らないだろう」

その基準がよく分からないけれど、これ以上この話を掘り下げる気もないわ。

「訓練お疲れ様、レオリオお兄様」

真っ白なタオルを差し出しながら、私はニコリと笑みを浮かべた。

「どうした？　今日は俺に会いに来たのか？」

「違うわ。カトリーナ様にお会いしていたのだけれど、そういえばお兄様はいるかしらと思って、覗いてみたの」

「そうかそうか！　お前は優しいな、アリスティーナ！」

豪快に笑いながら、お兄様は私の肩をバシバシと叩いた。

「元気そうで安心したわ」

「俺はいつも誰かしらにお前の様子を聞いていたから、息災だということは知っていた」

「……恥ずかしいから今後は止めて」

相変わらず、どれだけ年を重ねても妹への溺愛具合はとどまるところを知らない。本当、これだけ私のことが好きなのにどうして一度目の人生の時私の処刑に反対しなかったのか、永遠の謎だわ。

それとも、抗議したけれど聞き入れてもらえなかったのかしら？　真相は闇の中だけれど、過去のことはもう良いのよ。

私だって、お兄様達を都合良く利用していた面もあるのだし、お互い様だわ。

今の私はクアトラの名をひけらかすこともなく、家族と適切な距離感を持って接している。事情を知るユリアン様が側にいてくれたおかげもあって、甘やかされることに慣れきっていた自分とはキッパリと決別できた。

……キッパリは言い過ぎかしら。ある程度は決別できたと、少し控えめな言い方にしておきましょう。

「実家には顔を出したか？　父様と母様はもちろん、ハリーもお前に会いたがっていたぞ。それからアイラとサイラスにもな」

「それが忙しくて、なかなか機会が持てないのよ。少し距離もあるし」

「まぁ、俺もほとんど帰っていないがな。ハリーとは王宮で顔を合わせることもあるが、ノアとはさっぱりだ」

一番上のハリー兄様は公爵位を継ぎ、一番下のノア兄様は服飾取引を生業とする侯爵家のご令嬢と結婚した。将来は侯爵を継ぐみたいだけれど、今は気ままに暮らしている。

「お兄様、奥様とはどう？」

「相変わらずさ。政略結婚などこんなものだろう」

さも当たり前のように口にしているけれど、どことなく表情が暗い。レオリオ兄様は、先代陛下からの勧めで他国の第六王女と結婚したけれど、あまり上手くいっていない様子。

「お前達の仲が良過ぎるんだ」

「そ、そんなことはないでしょう」

「まぁ、俺の可愛いアリスティーナを泣かせたら、この剣で叩き斬ってやるが」

「そんなことをしたらお兄様が職を失うから止めてちょうだい」

昔から、なんでも力で解決するきらいがあるから、困ったものだわ。

「時間が解決してくれることもあるから、心配しないで。お兄様がお年を召してもう少し丸くなれば、奥様もきっと受け入れてくれるわよ」

「う、うん？　そういうものなのか」

お兄様は若干首を傾げながらも、素直に頷いていた。

「元気そうな姿が見られて良かったわ。これ以上は訓練の邪魔になるだろうし、そろそろ失礼するわね」

「ああ、気を付けて帰れよ」

「お兄様も、くれぐれも無茶はしないで」

「分かっているさ。俺を幾つだと思ってるんだ」

カラカラと笑うレオリオお兄様に手を振って、私は満足してその場を去った。

今日は、なんだか色んな人に会う日だわ。目まぐるしくて疲れてしまったけれど、不思議と気持ちは晴れやかだった。サイラスとアイラの顔も見たいし、そろそろ帰ろうと思っていた矢先に、後ろから誰かにポンと肩を叩かれた。

「やあ、アリス。ご機嫌はいかが？」

「ユ、ユリアン様！　どうしてこちらに？」

予想外の人物が登場したことに、私は目を丸くする。

「ロンがちょうど君を見かけたと教えてくれたんだ」

「ロ、ロンがですか？　私、今日彼に会っていませんけれど……」

「まぁまぁ、細かいことは気にしないで」

そう言われても、物凄く気になる。ユリアン様信者のロンは昔からずっと神出鬼没だったけれど、まさか私の後をつけるように彼に頼んだりしていないわよね……？

「そんな顔は哀しいな。せっかく君に会えたのに」

「わ、分かりましたわ。もう気にしないことにいたします。というより、気にしたら負けのような気がしますから」

考えても無駄なことは、これ以上考えない。嬉しそうに腕を差し出すユリアン様を見て、私も素直に自身のそれを絡めた。

「実は今日、仕事を早めに切り上げたんだ」

「あら、そうでしたの。子供達も喜びますわ」

「それなんだけど。ちょっと今日は、僕に付き合ってほしい」

馬車に乗り込みながら他愛ない会話を交わしていると、ユリアン様がそう口にする。

「家に帰る前に、少し寄り道をするのですか？」

「うん。難しい？」

「いえ。私の用も済みましたし、屋敷にはリリやマンサもいますから特に問題はありませんわ」

こんなことを言い出すなんて珍しい。もしかして何か悩みごとでも？　と思ったけれど、どうやらそんな雰囲気ではないし、彼の様子がおかしければこの私が気付かないはずがない。

どこへ行くのか問い掛けてもやんわりとはぐらかされるので、諦めた私は黙って彼についていくことにしたのだった。

しばらくして揺れが止まり、ユリアン様にエスコートされながら馬車を降りる。

「少し歩くよ」

「何だか、スロフォンから帰る船での出来事を思い出しますわ」

あの時もこんな風に、行き先も知らされずにただ連れていかれた。二人で見た幻想的な風景と甘いプロポーズは、きっと命が消えても忘れることはないだろう。

「僕の気持ちは、昔と何ひとつ変わらない」

「それは私もですけれど、もう二十年は一緒にいるのですよ？　少しは飽き飽きしないのですか？」

「それはあり得ない。僕は君がいないと、生きている意味がないから」

あまりにもサラリと言ってのけるので、思わず頷いてしまいそうになった。

断罪前の過去を経験している私としては、ユリアン様はまるで別人か二重人格者のように変わったと思うのだけれど、それを彼に言ったところでどうしようもない。

「ほら、着いた」

ユリアン様が足を止め、私もそれに倣う。視線を向けた先には、初めて見るガラス張りの温室が陽の光を受けてキラキラと輝いていた。

「これは……一体何ですの？」

「僕が君の為に作らせた温室だよ。王都の屋敷からそう遠くない場所にあるから、いつでも来られる」

「ですが、どうして……？」

「君が僕の妻になってくれてから、もう十年だ。その記念にと思って。ほら、君の実家にも似たような場所があったでしょう？　二人でよく遊んだよね」

確かにそうだ。クアトラ家の屋敷にも同じような小高い丘があった。こんなに立派ではなかったけれどそこにはガゼボがあって、ユリアン様がいらっしゃると聞いた日にはよくそこに逃げ込んでいた。もちろんすぐに見つかって、しつこく追い回されていたのだけれど。

「屋敷の敷地内に作らなかったのは、その方が息抜きになると思ったから。妻として母として、それに最近は交易にも関わっているし、無理をし過ぎて疲れているように見えるよ」

「確かに目が回りそうな日もありますけれど、嫌ではありません」

「分かってる。だけどたまには、ただのアリスティーナとしてひと息つける場所があっても良いかなって」

ユリアン様はそう言って、真新しい温室に視線を移した。

「手入れは庭師に任せればいいし、君がしたい時はすればいいし、全部君の思うままにしていいから」

「私の思うままに……？」

「アリスティーナだけの秘密の城だ」

その表現は、私の童心をくすぐるには十分だった。それにユリアン様がそこまで私のことを気遣ってくれていたなんて、こんなに嬉しいことはない。

「ユリアン様。私、中に入ってみたいですわ」

「ああ、もちろんいいよ」

年甲斐もなくはしゃいでしまうけれど、ユリアン様は優しく目を細めるだけで咎めたりしない。

久し振りに駆け出して、温室の扉を押した。

「素敵……。本当に素敵だわ……！　これだけの種類を集めるなんて、いくらユリアン様でもご苦労なさったでしょうに」

「頑張ってくれたのは庭師だよ」

「家に帰ったら、思いきり抱きついて感謝したい気分だわ！」

ちょうど季節ということもあり、温室の中は色とりどりのバラで溢れていた。私の好きな花がバラだと知っているからこそ、こんな仕様にしてくれたのだろう。

「ああ、良い香り。私、もうここに住みたいわ」

「アイラとサイラスが寂しがるよ。それに、僕も」

忙しなく視線を彷徨わせ、あっちへ行ったりこっちへ来たり。琥珀色の瞳は、綺麗な水の中を泳ぐ魚の鱗のようにキラキラと輝いている気がする。

「ユリアン様はこの温室を私だけの城だと仰ってくださったけれど、私は二人だけの秘密の場にしたいですわ」

「二人って、僕も？」

「もちろんです。ユリアン様も、たまには息抜き出来る時間が必要でしょう？　私の為に用意してくださったのはとても嬉しいですけれど、私も貴方のことが心配なのです。それに、こんなに素敵な場所ですよ？　誰かと共有したいではないですか！」

ニコリと笑いながら彼を見つめると、何故かグレーの瞳がゆらゆらと揺れた。

「……アリスは本当に、僕を喜ばせるのが上手だね」

「それはこちらの台詞です。ユリアン様は何年経っても、私のことを愛してくださっているのだと改めて実感いたしましたわ」

つい自分の忙しさにかまけて、ユリアン様を蔑ろにしてしまったかもしれない。そんな自分を情けなく思いながら、小さく微笑んだ。

彼は私の隣に立つと、優しい手つきで腰を抱く。そんなユリアン様に寄り添って、目の前に広がる素晴らしい光景をうっとりと見つめた。

「ありがとうございます。とても嬉しいです」

「喜んでくれて良かった」

ユリアン様と長い年月を共にして、彼が本当に優しい人なのだということを知っている。たとえ周囲から冷徹だ無感情だと言われても、胸を張って違うと主張出来る。

きっと、ずっと前からユリアン様の本質はそうだったのだ。私が、それを理解しようとしなかっただけ。

「十年間僕の妻でいてくれてありがとう、アリスティーナ。これからも、ずっと側にいてくれる?」

「そんな分かりきったことを聞かないでくださいませ」

ああ、ダメだ。泣き虫なアリスティーナが顔を出してしまう。アイラが生まれた時も、サイラスが生まれた時も、私達は二人で嬉し涙を流した。それ以降、たとえ辛いことがあっても泣かないで乗り越えると決めてから、ずっと歯を食いしばって生きてきたのに。

「君が泣くところ、久し振りに見たな」

「……なぜ楽しげなのですか」

「昔から、君の泣き顔も嫌いじゃないんだ」

クックッと喉を鳴らしながら笑うから、思わずジトリとした視線で睨んでしまった。

「我慢しなくてもいい。僕の前では、性格の悪い我儘アリスティーナを曝け出して」

「……そんなことを言うと、高価な宝石をこれでもかと強請りますわよ」

「ははっ、頑張るよ」

本当に、昔から私に甘いのだから。ユリアン様はハンカチを取り出すと、私の目元をそっと拭った。

ガラスから差し込んだ橙色の光が降り注ぎ、空気さえキラキラと輝いて見える。もしも天国があるのなら、こんな場所だったらとても嬉しいのに。

「この十年、色んなことがありましたわね」

「辛くても苦しくても、君がいたから乗り越えてこられた。幸せは何倍にも増えて、アイラやサイラスという宝物まで授かった。アリスと出会えて、僕は本当に幸せなんだ」

「ユリアン様……」

止まったと思っていたのに、再び視界が揺れ始める。これまでの出来事が走馬灯のように、私の頭の中に流れていた。

私は、自分さえ幸せであればそれで構わないと思っていた。気に入らない者は虐げ、追い出し、恐怖と家名で相手を従わせた。それが正しいと信じて疑わず、不都合なことは全て周囲が悪いのだと、決して自身の非を認めない。

容姿も家柄も能力も何もかもが完璧だと胸を張りながら、心の底では愛を求め続けた。本当は、ユリアン様に私を見ていただきたくて、必死だった。私はきっと、初めて出会った時からずっと彼を愛していたのだ。

絶望に突き落とされてもなお、自分を変えることが出来ない。我儘で、自分本位で、相手の痛みに寄り添えない。そんなジレンマに、ずっと苦しんできた。

私が本当の意味で変わることが出来た理由。それは、優先順位が変わったからに他ならない。自分以外の大切なものが一つずつ増えていくたびに、それを失いたくないという想いが溢れた。彼ら彼女らの立場に立ち、初めて自身の行動を顧みた。

最初は上手くいかず苛立つことも多かったけれど、それでも今日まで生きてこられたのは、決して私の力だけではない。

暗くて冷たい牢の中で孤独に震えていたアリスティーナも無駄ではないと、今ならそう思える。

「こんなにも誰かを愛しく思って涙を流せるなんて、私は、私は本当に……本当に幸せ者です……っ」

ポタポタと溢れる涙が、ユリアン様の肩口を濡らす。離れようとしたけれど、彼は私の腰を抱く腕の力をグッと強めた。

「まさか、貴方と共に人生を歩めるなんて……っ」

「アリス、好きだよ。これからもずっと一緒だ」

「はい、ユリアン様……」

たったひとつその言葉だけで、私の全ては報われる。とうとう声を上げて泣き出した私を、ユリアン様はいつまでも優しく抱き締めていてくれた。

番外編　幸せな未来は貴方と共に

「ああ、アリス……。何て綺麗なんだ。この世の何よりも尊くて、きっと女神すら君の前ではなす術もなく頭を垂れるだろうね」

「ユ、ユリアン様は一体何を仰っているのですか！」

今日この良き日。純白のウェディングドレスに身を包んだ私は、同じく真白なタキシード姿のユリアン様に、これでもかというほどの賛辞を浴びせられ、顔を真っ赤に火照らせていた。

「どれだけ伝えても伝えきれない。まさかこうして、アリスの隣に立てるなんて」

「そんな……。それは私の台詞です。全てを受け入れてくれた貴方には、感謝しかありませんもの」

「それは僕が言いたいよ。アリスはいつだって自由で清らかで、人を惹きつけてやまない魅力を備えた完璧な女性なのだから」

「ユリアン様こそ、本当は誰よりも優しく聡明で、外見内面共にその美しさに思わず息を呑んでしまいそうなほどに」

いつの間にか互いの褒め合い合戦となっていたところに、突然「あああ！」という第三者の金切り声が響いた。

「貴様ら、いい加減にしろ!! 鳥肌の立つようなやり取りをいつまで続ける気だ!! 大体、お前もさっきまで抵抗していたくせに、ユリアンに毒されるのが早過ぎる!! しっかり手綱を握って暴走を止めろ、アリスティーナ!!」

我が国の第一王子であるマッテオ殿下が、サラサラとした金髪を振り乱しながら、私とユリアン様の間に体を捩(ね)じ込ませる。

「兄さん。そういえばいらっしゃったのですね」

「ふ、ふざけるなよ、ユリアン!!」

「申し訳ありません。僕の目には常に愛しいアリスしか映っていませんので」

邪魔されたことに苛立っているのか、ユリアン様はスッと表情を無くすと、マッテオ殿下に思いきり顔を近付ける。

彼はまるでこの世で最も苦手な生物でも目撃してしまったかのように、真っ青な顔色で、一歩後退った。

「まぁ、マッテオ様。いくら寂しくても、弟の門出を邪魔してはいけませんよ」

顔を赤くしたり青くしたりと忙しいマッテオ殿下の肩にポンと手を乗せたのは、彼の妻であるウンディーネ様。殿下はふるふると体を震わせながら、助けを乞うようにウンディーネ様の背に隠れた。

「気持ちの悪いことを言うな!! 俺は、アイツが心底嫌いなんだ!!」

「はいはい、分かりました」

「今だって、こんなに顔を近付けられたんだぞ！　見てくれ、全身に鳥肌が立っている！」

まるで母親に心配してほしい子供のような姿に、私はぽかんと口を開けた、だその光景を見つめていた。人間ここまで変わるものなのかと思いながら、逆にそんな彼のおかげでいくらか冷静さを取り戻すことが出来た。

「確かに、マッテオ殿下の言う通りですわね。いつもならこんなことはないのですけれど、今日はつい」

ふう、と溜息を吐きながら、改めてドレス姿の自身に目を向ける。先程姿見で確認した時にも思ったけれど、本当に素敵なデザインだ。

「ノア兄様のセンスの賜物ですわね」

私の言葉に、ウンディーネ様は柔らかく微笑みながら頷いてくれた。

三番目の兄、ノア兄様は昔から可愛らしい顔立ちの人たらしで、何かをしでかしても上目遣いに「ごめんね」と懇願すれば許してもらえるような人だった。自身の容姿とあざとさを有効活用し、家に縛られることなく自由気ままにのんびりと暮らし、服飾関係の取引を生業とする侯爵家のご令嬢と一年ほど前に結婚した。

普段滅多に顔を見せない彼が突然クアトラ家に帰ってきて、「アリスティーナの結婚式のドレスは僕が用意する」と突拍子もないことを言い出し、家族全員を驚かせた。

それに物申したのはユリアン様で、彼は彼で私のドレスを選ぶ気満々だったらしく「たとえアリスの兄でも譲れない」と熱い火花を散らしていた。

不毛かつどうでもいい言い争いに痺れを切らした私が二人を一喝し、最終的にチェスで勝利した方が権限を獲得するということで話は纏まった。白熱する戦いの末に、ノア兄様がユリアン様を負かして決着。私のドレスは彼が用意するということになったのだ。

その日の夜はユリアン様を宥めるのにとても苦労したのを、今でも鮮明に覚えている。だんだん面倒になり、つい「何でもしてあげる」と口にした瞬間、彼の形のいい唇がニンマリと弧を描き、その瞬間全てわざとだったのだと悟った。

と、そんな紆余曲折を経てようやく無事にこの日を迎えることが出来たというわけだ。ノア兄様の選んだドレスは、さすが諸国を渡り歩いているだけあって斬新で洗練されていて、私によく似合っていた。

「当たり前でしょう？　アリスティーナのことは僕が一番よく理解しているんだから」

「いいえ、違います。それは僕です」

「家を出たと言っても、僕は家族ですよ？　いくら殿下といえども、勝てるとは思いませんね」

どうやら、この二人は馬が合わないらしい。顔を合わせれば喧嘩ばかりで、もうウンザリしてしまう。今この場に兄様がいなくて、胸を撫で下ろしているくらいだ。

「今夜のパーティーでは、君に悪い虫が寄ってこないよう、しっかりと目を光らせていないとね」

「わ、悪い虫って……」

「誰のこととは言っていないよ？」

ユリアン様は普段冷静で表情を崩さないくせに、私のこととなると途端に子供のような独占欲を露にする。それが非常に困るのだけれど、同時に嬉しくもあって、そんな自分をとてもむず痒く感じてしまう。

まぁ、何はともあれこうしてユリアン様と結婚出来るなんて、以前は想像することも避けていたけれど、本当に現実なのよね。

「今でもたまに、全ては夢なのではないかと思ってしまいますわ」

「可愛いアリス。それでも構わないよ。ずっと醒めないように、僕がこうして……」

「あああ!!　もう、もうすっかり醒めましたわ!!　ありがとうございますユリアン様!!」

マッテオ殿下やウンディーネ様もいらっしゃるにもかかわらず、彼は私の耳元で甘く蕩けるように囁く。そんな攻撃に耐えられるはずもなく、ヒラリと身を翻してウンディーネ様の背に隠れた。

「おい、止めろ！　ここは俺の場所だ！」

「今は非常事態なのです！　私に貸してください！」

「嫌だ、あっちへ行け！」

ノア兄様とユリアン様がそうであるように、私とマッテオ殿下の相性も最悪。顔を合わせれば言い合いばかりなのだけれど、昔の殿下よりはずっとマシだとも思う。

それにしても今日のユリアン様は、いつにも増して愛情表現に拍車がかかっている。普段は、人前では私を揶揄う程度に留めているようなのに。

「ユリアン様。今日は少し、様子がおかしくありませんか？」

彼の顔を覗き込み、ことりと首を傾げる。

「そうか？　ユリアンはいつもこうだぞ」

「マッテオ殿下は少し黙っていてください」

「何だと⁉　貴様、誰に向かってそんな口を……っ」

眉を吊り上げて怒り出す殿下を、ウンディーネ様がにこやかな表情で羽交い締めにしていらっしゃった。

「不安なことがおありなら、私に話してくださいませ。私達は正式な夫婦となるのですから、遠慮は要りませんわ」

純白の手袋を嵌めた私達の指先が、ほんの少しだけ絡み合う。攻めの一方だった彼が、照れたように視線を逸らした。

「本当に、昔から君には敵わないな」

「当然ですわ。私を誰だとお思いですの？」

学園を卒業してからはバタバタと忙しなく、二人でゆっくりと話す時間もほとんど取れなかった。式が済んで落ち着いたら、改めてユリアン様との日々を満喫したいと思う。

「どうやら、少し浮かれているみたいだ。それを、君に気取られたくなくて」

「ふふっ、お可愛らしいこと」

「アリス……」

もう止めてくれと言わんばかりの困り顔に、胸がきゅうっと甘く反応する。普段飄々としている小悪魔が、こうしてたまに見せる恥じらいの表情が、堪らなく私の心を掴むのだ。それに、翻弄する側ってなかなかないから、新鮮で楽しいんだもの。

「意地悪しないで」

「ごめんなさい」

「こっちへ来て？」

素直に従うと、先程までのしおらしさが嘘のように、グレーの瞳が妖しく揺らめいた。

「楽しそうだね、アリス。その調子で、僕達の初めての夜も楽しみにしてる」

「へ……？　は、初めてのって……」

一瞬理解が出来ず、ぱちぱちと瞬きを繰り返す。その内に脳が正常な働きを始めると、私の顔はそれはもう真っ赤に染まった。

「ふふっ、可愛いな」

「この……!!」

いつの間にか完全に形勢は逆転し、再びドレスの裾を翻しながら私は逃げ出す。当然それは敵わず、ニコリと愉しげな笑みを浮かべたユリアン様の手にまんまと捕らわれてしまうのだった。

私とユリアン様の婚礼の儀はつつがなく済み、両家族参列の下、陽を浴び煌々と輝くステンドグラスで造られた美しい教会にて、正式に夫婦の契りを交わした。

その夜から三日三晩夜通しで開かれるパーティーには、親族はもちろん学園時代の友人や、チャイ王女とその婚約者ランカスター公爵も遠路はるばる駆けつけてくれた。

「アリスティーナ、本当におめでとう」

「ありがとう、チャイ。全部貴女のおかげよ」

公式の場では、友好国の王女として恭しく接しているけれど、私達は友人だ。こうして喜びを分かち合い、互いの為に涙を流せる特別な関係。チャイ王女との間に起こったことは、とても一言では言い表せない。

殺したいと思うほどに憎んだこともあったけれど、今では絶対に失いたくないと思う大切な存在。

「貴女って本当に、いつ見ても綺麗ね。肌もスベスベだし、柔らかいわ」

「ふふっ、妖精王女に褒めてもらえるなんて光栄だわ」

以前、ユリアン様と共に視察という名目でスロフォンを訪れた際に会ったきりだった私達は、久方振りの再会を大いに喜んだ。

きゃあきゃあと笑いながら互いを抱き締め、軽口を交わす。本来ならば許されることではないのだけれど、人目につかない場所でのことだから、無礼講ということにしてもらいましょう。

私達のすぐ側では、ランカスター様が仁王立ちになって誰も近付かないように見張ってくださっている。騎士の礼服に身を包んだ彼は、正に「漆黒の颯」という異名に相応しいオーラを放っている。

どちらかというと魔王のような禍々しい殺気を感じるのだけれど、本当はチャイ王女を溺愛する不器用な方だと分かっているから、私は怖くない。

「少し目を離すとすぐにこれだ。僕達の結婚パーティーだというのに、貴女がアリスを独占していては僕の立つ瀬がありません」

ランカスター様の鉄壁をするりと潜り抜けたユリアン様は、後ろから力強く私の腰を抱いた。

「ちょ、ちょっとユリアン様！　離れてくださいませ！」

「嫌だ、離さない」

「このドレスは普段より背中を露出しているので、こうも密着されると私は羞恥で息の根が止まってしまいます！」

普段、派手な装いはしても露出は好みではない私が、今夜に限ってはザックリと背中の開いたシャンパンカラーのパーティードレスを身に纏っている。

より華やかなに美しく見せた方が、最初のインパクトが強いからというノア兄様からの提案なのだけれど、ユリアン様には告げていない。だって、絶対にまた言い合いになるのは目に見えている

んだもの。その代わり、明日明後日は彼が選んだドレスを披露する約束だし、このくらいの嘘はきっと許してもらえる。はず。

「アリスが僕を困らせるから。この場の視線が君に集中し過ぎて、僕の方が眩暈を起こしそうだ」

「し、仕方ありませんわ。何と言ってもこの私ですもの」

「だからこうして、誰のものかを分からせる必要があるんだよ」

するりと動いた手に、背中が粟立つ。指の一本も動かせないまま、ただ心臓が確実に破裂へと向かっていくのを、止める術もない。

「王子殿下ともあろうお方が、こんな場で嫉妬心を露にするのはいかがなものでしょう？　貴方の行動がそのままアリスティーナの評価に繋がると、もっと自覚していただかなければ」

チャイ王女が私の手を引いてくれたおかげで、妖しいまじないにかけられていた私は、パチンと目の前が弾けた。

「チャイ王女。貴女の方こそ自重してください」

「いいえ、慎むのは貴方よ！」

「いや、貴女だ」

ああ、もう一体何なの！　この二人は、顔を合わせればこうしていがみ合いばかりするんだから。

ノア兄様しかりチャイ王女しかり、ユリアン様は対抗意識を持つ相手が多過ぎる。

「チャイ。寂しいなら、俺と一緒にいればいい」

「テオ様が入ると余計にややこしくなるのでダメです」

ピシャリと一喝されたランカスター様は、しょんぼりと肩を落としながら再び鉄壁に徹していた。

「殿下の過ぎた溺愛振りはともかく、この結婚に心から祝福を贈るわ」

もう相手にすることを諦めたのか、チャイ王女はユリアン様からぷいっと視線を逸らした。

「ええ、ありがとう」

全てを知っている彼女が口にすると、言葉の重みが違う。時を巻き戻したからと言って、私の罪が消えるわけではない。これからも戒めを忘れることなく、強く前を向いて生きていかなければと改めて思う。

「久し振りの……、じゃなくて、初めてのルヴァランチアを存分に堪能させてもらうわね」

「ふふっ、どうぞごゆっくり、チャイ王女殿下」

私達は顔を見合わせ、破顔した。


その後も入れ替わり立ち替わり、本当にたくさんの人達がこの結婚を祝福してくれた。中には、打算的な貴族や明らかな嫌味を投げつけてくる令嬢もいて、そんな時は手にしたワインを頭からかけてやりたくなった。けれどそんなことをすれば、評判が落ちるのはユリアン様なので、グッと堪える。

完璧な淑女、美しい妻。誰にも文句は言わせないと、私はたおやかに微笑んでみせる。それは罵声を浴びせて泣かせるよりも、ずっと効果的な方法だった。ユリアン様に近付く女達を、この美貌で片っ端から蹴散らしてやるんだから。

と、こんな具合で三日間丸々続いたパーティーはようやくお開きとなり、私とユリアン様は解放された。

「お、終わりましたわ……」

「さすがに疲れたね」

「こうしている今も、足が勝手にステップを踏んでいるかのようです……」

体感的には、百回以上ダンスを披露させられた気がする。もう一生踊りたくないと思いながら、私はベッドに体を預けた。

本来ならば、ユリアン様の前でこんなはしたない真似はしない。けれど今日は、どうしても体に力が入らなかった。

リリに支えられながら、何とか湯浴みと簡単な支度だけは済ませた。今にも瞑ってしまいそうな目を必死にこじ開け、ユリアン様に顔を向ける。

「君のそんな無防備な姿は、貴重だね」

「許してください。だって本当に疲れたんですもの」

「もちろん良いよ。僕の前でだけなら」

グレーの艶やかな髪は下ろされ、普段よりも幼い印象を受ける。互いに気を張っていたせいか、彼の表情も今は砕けていた。

「申し訳ないのですが、眠ってもよろしいですか？　私、そろそろ限界で……」

夢のような三日間で、この時が永遠に続けば良いのにと思った。ユリアン様の妻となり、これからは二人で共に人生を歩んでいける。多幸感が私の体を包み込み、今なら絶対に幸せな夢が見られそうな気がした。

微睡（まどろみ）の中で意識を手放そうとした瞬間、誰かの熱い手が私の頬に触れる。それはもちろんユリアン様で、ゆっくりと目を開けると彼は私を見下ろしていた。

「ダメだよ、アリス。これからは僕が君を独占する時間だ」

グレーの瞳はとろりと甘く蕩け、彼の瞳中に映る私も同じように見つめ返していた。眠気など一瞬で吹き飛び、全身の細胞一つ一つがパチパチと弾けているような感覚だった。

「そ、そんな目で見ないで」

「それは無理。君が愛おしくて」

「ユリアン様……」

初夜の意味も、これからこのベッドの上ですることも、知識として備わっている。けれど、そんなものは何の役にも立たなかった。

「アリスティーナ」

耳元で囁かれるだけで、背筋がぞくりと反応する。恥ずかしくて堪らなくて、ついいつものように声を張り上げて誤魔化してしまいたくなった。

月明かりにぼんやりと照らされたユリアン様は、今までに見たことのない表情を浮かべていた。ほんのりと染まった頬に、少しだけ荒い息遣い。この距離からでも、彼の心臓の鼓動が私と同じくらい暴れているのが伝わってくる。

「……好き、です」

気が付けば、私はユリアン様の頬に手を添えていた。互いに抱き締め合い、キスを交わしても、私達はその先を知らない。戸惑っているのは一人ではないのだと、微かに震える彼の指先から痛いほどに伝わってくる。

「僕も、僕も君が好きだ」

切なげに掠れた声が、何度も私の名を呼んだ。溢れ出したこの思いは、もう言葉だけでは足りない。ユリアン様と出会い、私は初めて知ったのだ。愛し愛される喜びと、自分以上に誰かを大切だと思えることの、大切さを。

「愛してる、永遠に」

ぴたりと重なった二人の手の甲に、一粒の涙がぽたりと落ちる。それは左手に嵌められた指輪を、より一層キラキラと輝かせた。


——それから月日が経ち、私達夫婦は常に順風満帆……とはいかず。

「ああ、まったくもう！　腹が立つったらないわ！」

私は一人、先程の出来事を思い出しながら悪態を吐いていた。

ユリアン様の別邸で暮らすようになった私は、人脈を広げる為なるべく頻繁にアフタヌーンティーを開催している。

マッテオ殿下はまだ即位しておらず、ユリアン様の叙爵の儀ももう少し先。それでも、彼の妻として今の内から出来ることはやらなければと、精力的に活動を始めた。

けれどこれが面白いほどに上手くいかない。学園時代の私は『悪役』で、いくら生徒会長を務め上げたとはいえ、そう簡単に評価は覆らない。随分とマシにはなったものの、結局は性悪だの傲慢だのという陰口は絶えず、その度に額に青筋を浮かべながら堪えていた。いいえ、何度かは我慢出来なかったかもしれない。本当に、ほんの数回だけ。

あまり感情的になるのは体に毒だと分かっているのだけれど、どうしても自制が利かない瞬間があるのだ。

「奥様、どうか落ち着かれてください。新しく紅茶を淹れ直しましたので」

「リリ、ありがとう」

今しがたこのガーデンでアフタヌーンティーを開いていたばかりなのだけれど、それも散々なものだった。いまだに私とユリアン様の結婚が気に食わない有力貴族の令嬢が、取り巻きと共に場をめちゃくちゃにしたのだ。

最初の内は穏便に済ませようとしていた私だったけれど、それでいい気になったのか、向こうがさらにエスカレートし、しまいにはクアトラ家のことまで悪く言い始めたものだから、私の我慢もそこで切れた。

彼女の目の前に置かれていた紅茶のカップを地面に叩きつけ、

「あら、ごめんなさい。虫が浮いていたものだから」

と悪びれもせずに言い放つ。そして、続け様に「私は羽虫が大嫌いで、目の前を飛び回られると握り潰したくなるの」と微笑みながら口にした。当然地獄の空気に包まれたお茶会は、持ち直すことはないままお開きとなった。

「どうして私って、我慢が利かないのかしら。ねぇ、リリ。どうすれば、あんないけ好かない令嬢とも上手く付き合っていけると思う?」

リリが淹れてくれた紅茶を飲みつつ、私は彼女に問いかける。私が言える台詞ではないけれど、リリほど我慢強い女性もいないのではないだろうか。

「奥様は、誰に対しても真摯に向き合い過ぎるのではないでしょうか」

「そうかしら?」

「相手を人間だと思うから、腹が立つのです。羽虫でもまだ甘い、生き物ではなく無機物だと考えれば、腹も立ちませんよ」

「む、無機物……」

リリって、こんな思考の持ち主だったかしら。これは暗に私をそう思っていると言いたいのではと、震えが止まらなくなった。

「ご、ごめんなさい。今までのことは反省するから、どうか私を嫌わないでちょうだい」

まさかこの歳になって、子供のような懇願をするとは思わなかったわ。リリに嫌われたら、冗談抜きで生きていられない。

「まさか！　私は奥様が大好きですよ」

「本当ね？　嘘ではないわね？」

人間関係を円滑に構築する術を尋ねていたはずが、いつの間にこんなことになったのだろう。必死に縋りつく私を見て、リリはきょとんと目を丸くする。そして、優しく微笑んだ。

「アリスティーナお嬢様は、いつまで経っても可愛らしいですね」

「リリぃ……！」

私を安心させる為に呼び方を変えてくれた彼女に、私は思いきり抱きつく。リリから香る甘い匂いが、昔から本当に好きだった。

「リリのアドバイス、ちゃんと聞くわ。とにかく冷静に、相手を同じ人間だと考えないように」

「ええ、その通りです」

どうやら、先程の令嬢に対しリリも相当怒っているらしい。

「ねぇ。私頑張るから、今夜は蜂蜜入りのミルクを作ってくれる？」

「ふふっ、もちろんです、アリスティーナお嬢様」

リリの前では、こうして力が抜ける。それは彼女が、幼い頃からどんな時も私に寄り添ってくれたから。家族や、ユリアン様や、チャイ王女とも違う、リリだって何者にも代えられない唯一無二の存在なのだ。

いつの間にか怒りは消え去り、私達は二人で楽しくお喋りをして過ごしていた。すると、背後からザクザクと芝生を踏みしめる音が聞こえ、名前を呼ばれると同時に肩にガウンが掛けられた。

「アリスティーナ。こんなところにいた」

「ユリアン様。お仕事はもうお済みになりましたの？」

「ああ、今日の分は」

彼はそう言うや否や、私のお腹にそっと手を当てる。最近随分とふっくらしてきて、この間は初めて胎動というものを感じた。

「いつまでも外にいては体を冷やすよ。ああ、また紅茶ばかり飲んで」

「そろそろ屋敷へ戻ろうと思っていたところですわ」

「立てる？　ゆっくりでいいから」

私の懐妊が分かってからというもの、ユリアン様の過保護振りはどんどんエスカレートし、周囲も呆れるほど。予想はついていたけれど、本当に一人になる時間がない。

「平気ですから、手を離してください」

「もし転んだらどうするの？」

「そう簡単には転びません」

私達のやり取りを見ていたリリが、口元に手をやりながらクスクスと笑った。

「奥様。旦那様のお好きなようにして差し上げたらいかがですか？　身重の体は確かに動きづらいですし、思いきり甘えてよろしいかと」

「もう、リリまでそんなことを言うんだから……」

お母様やウンディーネ様にも同じように言われた。確かにそうなのだけれど、ここまで過保護だと生まれたらどうなるのかという一抹の不安を覚える。

「さぁ、おいで。アリス」

「はいはい、分かりました」

もう、諦めてしまおう。悪気はないのだし、いっそ開き直って全ての世話をしてもらうくらいの気持ちでいればいいんだわ。それに、何だか抵抗するのも面倒になってきたし。

「私、今日は一日頑張りました。屋敷に戻ったら、思いきり甘やかしてくださいね」

「もちろん。すぐに二人きりになれる場所に行こう」

嬉しそうにふにゃりと眉を下げ、私の体を支えながらユリアン様はゆっくりと歩幅を合わせてくれる。そんな彼に寄り添い、私はちらりと後ろを振り返った。

リリに向かって、まるで悪戯っ子のようにペロリと舌を出して見せる。彼女は一瞬目を丸くしてから、ふふっと噴き出したのだった。

番外編 ある母親の後悔

思えば幼い頃から、アリスティーナは本当に負けず嫌いな子だった。とはいえ、彼女を含めクアトラ家の四人の子供達はそれぞれ乳母の手によって育てられ、私があの子達を抱いてあやすなどということをした記憶はない。その全てを熟知しているのかと言われると、もちろん違うと答えられる。

けれどことアリスティーナに関しては、私によく似ているからなのか、それとも同じ高位貴族として生まれた女性だからなのか、その気持ちがよく理解出来た。

「ああ、もう！　悔しいったらないわ！」

私と共に参加したアフタヌーンティーから、クアトラ邸に帰るなり、アリスティーナはほんのりと赤く色付いた頬をぱんぱんに膨らませながら、金切り声を上げた。

「あらあら、どうしたの？　私の可愛いアリスティーナ」

「聞いてください、お母様！　あの子ったら、私のことを『大したことないわね』と鼻で笑ったのです！　私があの子の出した質問にたった一度答えられなかっただけで！」

あの子とは、今日のアフタヌーンティーの主催者である侯爵家の令嬢を指しているのだろう。確かアリスティーナよりも三つ歳が上で、大人しい印象だった。

「まぁ、それは許せないわね。貴女ほど完璧な淑女は、このルヴァランチアのどこを探しても見つけられないでしょうに」

滑らかな琥珀色の髪を撫でながら、私は彼女に同調してみせる。実際、可愛い我が子がそんなことを言われたと聞けば、今すぐにあの侯爵家に対して抗議文を送りつけたい衝動に駆られ、頭の中では既にその算段をつけ始めていた。

爵位はこちらが上だけれど、あちらは新たに着手した事業が成功し、ここ数年で国へ収める税金が桁違いに跳ね上がっている。そのせいでいい気になったのか、さして能力もないのに出張ってくるのが気に入らず、この件がなくとも近々思い知らせてやろうと考えていたところだ。

「私がすぐに何とかしてあげるから、貴女は気にしなくていいのよ」

「いいえ！　私はこの手で必ずあの令嬢の鼻をへし折ってやるのです！」

華奢な腕を天高く掲げて、琥珀色の瞳をギラギラと妖しく輝かせながら、彼女は声を張り上げる。

「ええ、そうね。我がクアトラ家を敵に回すとどうなるか、しっかりと教えて差し上げましょうか」

「私はどんな手を使ってでも、私をバカにしたことを後悔させなければ気が済まない質なのよ」

アリスティーナはその美しい顔に凶悪な笑みを浮かべると、くるりと踵を返して部屋を出ていく。

その後ろを、侍女のリリが慌てて追いかけた。彼女は侍女としては右に出るものがないほどに有能だけれど、従順ではない。

私の娘に余計なことを吹き込んでいる場に遭遇したこともあり、その時は「次はない」とキツく叱責して解雇まではしなかった。今のところはアリスティーナが懐いているから良いものの、少しでも余計なことをすればすぐに首を切ってやると、既に見えない後ろ姿に向かって軽く舌打ちをした。

それからいくらも経たない内に、アリスティーナは有言実行を果たした。例の侯爵令嬢を毎日のように我がクアトラ邸へと招き、ティーパーティーと称して他の令嬢と共にネチネチといびり続けた。その令嬢も気が強く最初は気丈に振る舞っていたが、やがて限界が訪れた。

アリスティーナからの誘いを断ることが出来ないように裏で手を回したのは私で、彼女を溺愛する兄三人も、何も言わずとも各々が妹の利になるよう動いたらしい。

本人に知られてしまうと「一人で出来る」と盛大にヘソを曲げるので、あくまで秘密裏にという暗黙の了解を全員が厳守した。

「聞いてくださいませ！　あの令嬢が、遂に陥落いたしましたわ！　花畑に頭を擦(こす)り付けながら、泣いて許しを乞うあの姿をお母様にも見せて差し上げたかったわ」

しばらくして、アリスティーナがガウンドレスの裾を持ち上げながら、私に向かって興奮気味にそう捲し立てた。淑女としての表情を必死に取り繕いながらも、喜びを隠しきれていないのが子供らしく、私は微笑みながら彼女の頭を優しく撫でた。

「そう、良くやったわね、アリスティーナ。貴女はクアトラ家の名前を立派に守ったのよ。とても誇らしいわ」

「でしょう？　お父様もお兄様達も同じように私を褒めてくださったのに、ユリアン様だけが違ったのです。興味のなさそうな顔をして、そんなことは聞きたくないと」

先ほどまで瞳を輝かせていたのに、それが一瞬にして険悪な色に変わる。私の可愛い娘にこんな顔をさせるのは、いつも一人だけだった。

我が国の第二王子であり、アリスティーナの婚約者ユリアン・ダ・ストラティス殿下。

すぐに気分を害したり、金切り声を上げて誰かを怒鳴りつけたりする彼女の姿は日常茶飯事だけれど、ユリアン殿下に関する時だけはその中に哀愁を漂わせているように感じる。本人はハッキリと口にしないけれど、母親である私にだけはその心情を読み取ることが出来た。

今回も例に漏れず、アリスティーナは唇を噛み締めながら不満を口にする。私はそんな娘の姿を見て、元から大して高くなかった殿下への評価を、さらに下げざるをえなかった。

まるでマリオネットのように繊細で美しい造形と、意思の宿らないグレーの瞳。この国で一、二を争うと言っても過言ではない容姿を持ちながら、両親には決して逆らわない操り人形。現王家で唯一金髪碧眼を受け継がない異質な存在として、この世に生を受けた瞬間から、母親に見放された哀れな子供。

本来であれば、アリスティーナの婚約者には第一王子であるマッテオ殿下が相応しいと私は考えていたけれど、なにせ彼は既に側仕えからの評判が相当に悪い。それに加え、筆頭公爵家であるヨーク家の令嬢との婚約が既に内定しており、さすがに横槍を入れるわけにはいかない。

なにより、アリスティーナ自身が初めて顔を合わせた日から、ユリアン殿下との婚約を強く希望したのだ。話には持ち上がっていたけれど、アリスティーナが嫌がれば白紙に戻してほしいと話をつける気満々だったのに。

予想に反し、意気揚々と話を進めてほしいと笑う彼女の姿を、当時の私は複雑な思いで見つめていた。

それから数年が経っても、彼に対する印象は改善するどころか悪化の一途を辿っている。アリスティーナを尊重するどころか、酷い態度で傷付けてばかりの男を誰が好きになれるというのだろうか。

「ユリアン殿下は、いつも貴女に優しくないわ。もし望むなら、今からでも婚約を解消していただけるようお父様に頼んで……」

「それは嫌です！　私は将来、必ずユリアン様の妻になってみせますわ！　それもただのお飾りなどではなく、私がいなければ生きていけないとあの方の口から言わせるのです！」

負けず嫌いのアリスティーナは、いつかのように高々と腕を掲げる。結婚に関しては、相手から追いかけられた方が幸せになれると助言してやりたいが、私が口を出すとさらに意固地になるのは目に見えている。

ユリアン殿下に余計な虫がつかないよう裏で目を光らせ、これまで以上に娘を褒めてやろうと心に決めた。アリスティーナはこんなにも健気で麗しい存在であるのに、それに気付かないなんて愚か者だと、愛しい娘を抱き締めながら内心腹立たしさに震えていた。

「そうね。貴女ならきっといつか、ユリアン殿下を虜に出来るわ」

「当然よ。この私が本気を出せば、落とせないわけがないんだから！」

ふふんと鼻を鳴らし得意げな声を出しながらも、アリスティーナはほんの少し私にすり寄り、安堵したような溜息を漏らした。いつも大人びている彼女がたまに見せる年相応の姿が愛しくて堪らず、抱きしめる腕にも自然と力が籠もる。

「ああ、愛しいアリスティーナ。貴女の幸せな姿を見るのが、私の生き甲斐よ」

「安心してください。私は必ずこの国の王子の妻となり、クアトラ家をさらに盛り立てる礎となりますから」

「ふふっ、楽しみにしているわね」

私から体を離して得意げに胸を張るアリスティーナは、幼いながらに美しく輝いている。この先、約束された未来に向かって邁進する彼女を見つめながら、そんな娘を持った自分自身も誇らしく感じていた。

それから時は経ち、十三歳となった私の娘は、文句なしに公爵令嬢として完璧な淑女へと成長を遂げた。

美しい容姿、揺蕩う琥珀色の長髪、自信に溢れた瞳。細く長い指先でしなやかにナイフとフォークを持ち、食事のマナーも淑女としての所作も、全てにおいて非の打ち所がないほどに完成していた。

貴族社会を生き抜くための思考も完璧で、間違っても使用人に情など移すことはない。私が不穏分子として危惧していた侍女のリリは、アリスティーナ自らが解雇したおかげで、それ以降は気を揉むこともなくなった。

優しさが一番、相手を尊重しろ、なんて私達のような身分の人間には全く必要のない思考だ。そんな甘い考えでは、あっという間に足元を掬われる。いくらクアトラ家が他貴族と一線を画しているとはいえ、そこに取って代わる機会を狙っている者など山程いるのだから。

「ああ、アリスティーナ。私は貴女の母親でいられることを、誇りに思うわ」

真新しい王立学園の制服を身に纏った彼女は、誉めそやされることが当然だと言わんばかりの尊大な態度で、艶やかな唇をゆったりと持ち上げた。

「私も、クアトラ家の娘としてこの世に生を受けたこと、心から感謝いたしますわ、お母様」

それは本音か建前か、つまるところ「私が娘で嬉しいでしょう」という意味合いなのだろう。彼女の気の強さが如実に現れていると、思わず笑ってしまった。

けれど、それでこそ私の娘。社交界でも、アリスティーナは第二王子に相応しい婚約者として必ず話題に上がる。その度に私は勝者の微笑みを浮かべながら、謙遜することもなく盛大に娘を褒め称えるのだ。そして、その母親が私であることを存分に見せつける。

こうして歳を重ねても、社交界の中心として華を咲かせ続けているという事実は、最高に私の胸を躍らせた。

三人の息子達も、それぞれが秀抜だと称賛されており、クアトラ家はこの先益々王家からの愛顧を受けることだろうと、あのヨーク公爵家さえ我が家に一目置いているという噂を聞いた。これで、第一王子の婚約者の座を奪われた溜飲も下がるというものだ。

「いいこと？　アリスティーナ。学園には貴女の立場を奪おうとする女狐がたくさんいるのよ。だから、常に目を光らせておきなさい。貴女が選ばれた人間だと、ちゃんと思い知らせてあげるの」

「ええ、もちろんよ。ユリアン様の婚約者となってから今日まで、私は全てにおいて完璧にこなしてきたわ。加えて、お母様譲りのこの容姿ですもの。誰にも負ける気なんてしませんわ」

伸びた髪がさらりと靡き、意志の籠もった琥珀色の瞳は美しく輝いている。母親である私でさえ、この子の成長には時折目を見張るものがあると感心してしまう。

「ええ、そうね。この国には、貴女に勝てる令嬢はいないわ」

「そして、この私に相応しいのもユリアン様ただ一人。あんなにも美しい男性を、私は彼以外に見たことがないもの」

アリスティーナのきりりとした眉がほんの少し下がり、まるでそこに殿下が存在しているかのように、熱い瞳を眼前に向けていた。

「だけど、少し心配だわ。ユリアン殿下は、貴女の価値をちゃんと理解しておいでなのかしら」

あの方は、クアトラ公爵家に顔を見せることがほとんどない。たまに会っても、事務的な挨拶を交わすのみで愛想など皆無で、アリスティーナに対してもとても褒められた態度ではなかった。

「心配要らないわよ、お母様。私だって、ユリアン様の中身には全く興味がないの。いずれ結婚して子供が出来れば、あの方の美しい遺伝子を引き継ぐことになるのだから、見た目以外に重要なものはないわ」

「貴女がそれで構わないのなら、私は口出ししないけれど……」

確かに第三者の目から見ても、能力と容姿以外に殿下の美点が分からない。貴族の結婚とは中身の伴わない場合も多いし、アリスティーナであればしっかりと主導権を握ることが出来るだろうから、私の心配はきっと杞憂に終わるだろう。

「さぁ、数日後にはいよいよ学園生活の始まりね。学生の内に存分な人脈を築いておけば、将来はますます盤石なものになるのだから、気は抜けないわ」

「ああ、貴女は本当に私の誇りよ」

アリスティーナの胸元に輝くリボンを、指でそっとなぞる。この子が、この先ますます強く美しく成長していくのを見ることが、私の何よりの楽しみだ。

「離れるのは、やっぱり寂しいわね」

「私もよ、お母様。貴女はずっと、私の尊敬する最高の淑女だわ」

自信に満ち溢れた笑みではなく、ほんの少し照れを含んだような微笑みが愛しく、私はゆっくりと彼女の柔らかな体を抱きしめたのだった。

その日は、娘の凶報を聞くにはあまりにも似つかわしくない好晴だった。

――アリスティーナ・クアトラが、チャイ・スロフォン殺害未遂の罪で牢に捕らえられた。

クアトラ邸のローズガーデンにて、アフタヌーンティーを楽しんでいた私は、血相を変えて帰宅した夫ジョゼフからその知らせを受け、自身の耳を疑った。

「そんな、アリスティーナが投獄なんて……っ」

友好国の王女を手に掛けようとしたことよりも、真っ先に意識が向いたのは可愛い我が娘の安否。まだ十六のあの子が、そんな場所に閉じ込められてしまったという事実が、あまりにも不憫だった。

「まさかスロフォン王女殿下に手を出すとは、私も思わなかった」

「何かの間違いではないの？　あの子は聡明で賢いわ。そんなことをすればどうなるのか、分からないはずないもの」

「それが、どうやら現行犯で取り押さえられたらしい。本人も、弁明はしていないと」

普段あまり硬い表情を見せないジョゼフが、明らかに困却した雰囲気で声を潜める。わざわざ私を呼び出した時から何事かと思っていたけれど、まさかこんなことになるなんて。

カタカタと震える手を必死に押さえつけながら、何とか気丈に振る舞おうと視線を上げた。

「アリスティーナは……、一体どうなってしまうのでしょうか」

「沙汰は追って知らせると、国王陛下の使者より通達があった。明日明後日どうこうという話にはならないだろうが……」

ジョゼフはそこで一旦言葉を切ると、深い溜息を吐く。

「本当の問題はアリスティーナの体ではない。このままでは、クアトラ家は公爵位を剥奪される恐れがある」

「そんな！　あくまで未遂なのでしょう⁉　スロフォン王女の身に別状がないのなら、いくら何でも剥奪まで……っ」

ギロリと鋭い視線で一瞥され、私は最後まで言葉を紡ぐことが出来なかった。

「此度の王女殿下の留学は、ユリアン殿下との婚約を秘密裏に進める為だと前々から噂はあった。どうやらあれは噂に留まらず、スロフォンの女王陛下はこの事態に乗じてクアトラを潰し、自身の娘とユリアン殿下との婚約を正式なものにするようだ」

「お二人が婚約なんて、そんなこと……っ」

「ストラティス王家としても、友好国とさらに親睦を深める機会を逃す手はないだろう。ましてや、相手はあのスロフォンだ。ご機嫌取りの為、私達など簡単に見捨てられる」

先程までアリスティーナの身を案じていたはずが、突然現実を突きつけられ、自身はどうなるのかという懸念に覆い尽くされた。

最悪、一家もろとも見せしめに処刑される可能性もゼロではなく、それを思うと不安と恐怖に押し潰されそうになる。

私達は、全てが完璧だと信じて疑わなかった。それが、まさかアリスティーナの愚かな行動により足元から覆されようとしているなんて。

「いえ、だけど悪いのは王女殿下よ！　きっと……、きっとユリアン殿下に手を出そうとしたんだわ！　あの子は、それを阻止しようとしただけなのよ！」

「そうだとしても、相手が悪過ぎる。所詮公爵家では太刀打ちのしようもない。アリスティーナの身よりも、私達はクアトラを守ることだけを考えるべきだ」

ジョゼフの言葉に、私はとうとう膝から崩れ落ちた。大切な私の娘の身が牢に放り込まれてしまうのだと思うと、涙が溢れて止まらない。それどころか、私や夫や息子達だってどうなるか分からない。

アリスティーナが本当に王女を手に掛けようとしたのであれば、ジョゼフの言う通りもう手の打ちようがない。

「ユリアン殿下は⁉　殿下は、婚約者であるあの子に温情を掛けてくださらないのですか⁉」

「無駄だ。殿下は、両親に逆らわないだろう。仮に訴えたとしても、聞き入れられるとは思えない。ただでさえ、離宮に追いやられていたような立場だ。あの方も、保身には代えられない」

思いきり地に打ちつけた膝が、ドレスの中でジクジクと痛む。どれだけ唇を噛み締めユリアン殿下を呪っても、何の意味もないことは分かっている。

「お前の言う通り、アリスティーナは王女殿下に向かって、婚約者に手を出した『泥棒』だと叫んでいたらしい」

「やっぱり……！　あの子は被害者なのね……。ああ、何て可哀想なアリスティーナ！　私は母親なのに、辛い時に何もしてあげられないなんて……！」

殿下があんな態度だから、アリスティーナが不安になってしまうのだ。スロフォンはユリアン殿下との婚約を望んでいたようだし、きっと王女殿下が誘惑したに違いない。

被害者である私の可愛い娘が、なぜ捕らえられなければならないのかと、溢れる涙も拭わぬままに虚空を見上げた。

「……ロベルタ。これからお前に話すことは、既に決定事項だ」

ジョゼフは自身も地に片膝を突くと、私の両手に掌を重ねる。

「沙汰を待たずに、私からアリスティーナの処刑を進言する」

「なんですって……？　あなたは一体、何を言っているのか分かっているの……？」

「ああ、もちろんだ。こんな恐ろしい世迷い言など口に出すものか」

その瞬間、彼の肩を思い切り押した。揺らいだのは私の体で、ドサリとバランスを崩し地に伏した。公爵夫人にあるまじき格好だと分かっていながら、私はそのまま叫び声を上げる。

「だったらなぜですか⁉　なぜそのようなことが言えるのです‼　あの子は、アリスティーナは、私達のたった一人の娘ではないですか‼　それを、あろうことか生け贄にしようだなんて、そんな考えはあまりにも……」

感情を爆発させ、人目も憚らずジョゼフに掴みかかる。けれど、彼の瞳も私と同じように濡れていることに気が付き、思わず目を見開いた。

「分かっている……、分かっているとも。アリスティーナは、私の可愛い娘だ。他人から自業自得と言われようが、出来ることならあの子を助けてやりたい。誰が喜んで、娘の命を差し出そうなんて……っ」

小刻みに肩を震わせるジョゼフを見て、私はそれ以上責めることが出来なかった。本当は全て理解していて、それでも受け止めきれず彼に責任を押し付けただけ。

ジョゼフはアリスティーナの父親であると同時に、クアトラ公爵家当主であり、領民の生活を守る義務がある。たった一人の命とどちらがより重いのか、天秤に乗せるまでもない。

「どちらにせよ、アリスティーナの刑は免れない。ならばこちらから差し出し同情を買って、クアトラ家取り潰しだけは何としても逃れるんだ」

「ジョゼフ……」

「もちろん、それでは足りないと言われるだろう。その時は、私の命も付け足そう。お前やハリー達はきっと殺されずに済む」

ああ、これが全て悪い夢だったなら、どんなに良かっただろう。アリスティーナのみならず、夫まで失ってしまうかもしれないなんて。

「……分かりました。私はこの件に関して、今後一切の口出しをしないと約束いたします」

「ありがとう、ロベルタ」

「どうか……、どうか貴方は死なないで……っ」

涙と鼻水で顔をグチャグチャに汚しながら、私はジョゼフに縋りつく。彼はしっかりと、震える体を抱き締めてくれた。

きっと私は、最低な母親なのだろう。アリスティーナの代わりに自身を差し出すと、どうしても口にすることが出来なかったのだから。

そうして、アリスティーナの処刑は正式に決定した。クアトラ家は降爵となったが、ジョゼフの尽力と娘の命を引き換えに、爵位剥奪は免れた。

妹を溺愛する三人の兄は当然激しく反発したけれど、皆一様に頭のどこかでは仕方のないことだと諦念を抱いていた。

「見捨てるどころか、面会すら許されないなんてあんまりだ」

アリスティーナと一番歳の近いノアは、虚ろな瞳を私に向ける。レオリオも同様に、アリスティーナの処刑に最後まで同意せず、あちこちで暴れ回り手がつけられない状態だった。そんな中で、長男のハリーだけは冷静に粛々と対応していた。家族を見捨てる決断がどれだけ辛いことか、次期当主になる立場として父親の心情を慮っているのだろう。

「面会に行けば、敵意があると言い掛かりをつけられかねない。ただでさえ、元からクアトラ家は煙たがられている。今は余計な行動は慎むべきだ」

「妹に会いに行くことの、何が余計なんだ!!　お前はアリスティーナが可愛くないのか!!」

「お願いだから止めて頂戴、レオリオ!!」

一際体格のいいレオリオが一度暴れ出すと、手が付けられない。私が必死に止める様子を見て、ノアが体を支えてくれた。

「父さんは連日釈明と嘆願に追われて、少しも休む暇がない。クアトラ存続の為、僕達が今ここで言い争ったところで、何の意味もない」

「そんなことは百も承知だ!!　だけどどうしても、アリスティーナを諦めきれないんだ……っ」

言葉を詰まらせたレオリオは、ふいっと視線を背ける。息子の震える肩を、私はそっと抱きしめた。

「私が悪かったの。もっとあの子を気にかけていれば、ここまで追い詰めずに済んだかもしれないのに」

何度涙を流しても、それは枯れることがない。アリスティーナが捕らえられてからというもの、食事も水も碌に喉を通らなかった。

「いや、アイツの評判は元々最悪だった。学園でも尊大な振る舞いで反感を買っていたようだ。流石に相手が悪かったとはいえ、遅かれ早かれ何らかのトラブルを起こしていただろう」

「……そんなの、僕達だって似たようなものじゃないか」

ハリーの言葉に、ノアがポツリと呟く。確かに私は、子供達を甘やかし過ぎたのかもしれない。けれどそれを後悔はしていないし、誰に何と言われようとあの子は私の愛する娘に他ならない。

「あんな男と、婚約させるべきではなかったのね……。こんな時に、守るどころか何の躊躇いもなく見捨てるなんて」

「ユリアン殿下に非はないだろう。理由は何であれ、アリスティーナ自身の行いが招いた事態だ。むしろ、これで済んで幸いだと思うべきなんだ」

私は知っている。非情にも思える態度を貫いているハリーが、ジョゼフの前で一度だけ涙を流していたことを。

たとえ、世界中から嫌われている悪役であろうとも、あの子は私達にとってかけがえのない家族なのだ。

「ああ、せめてもう一度だけ、この手で抱きしめたかった……」

痩せこけた見窄(みずぼ)らしい腕を、空に向かって必死に伸ばした。今頃、冷たい牢の中で絶望に打ちひしがれているだろうあの子を思うと、どうしていいかわからなくなる。
「貴女は完璧だったわ。いえ、今も完璧な私の娘よ。どんな姿になっても、それは変わらないわ」
どれだけ綺麗事を並べても、アリスティーナを見捨てた事実は覆らない。せめて生まれ変わったら、どうか幸せな結婚をしてほしいと、窓から差し込む光を見つめながら、私は神に祈る。

——もう泣かないで、お母様。

ふと、あの子の凛とした声が聞こえた気がして、私はゆっくりと目を閉じた。

番外編　ユリアンの逆襲……？

僕は今、眼前で怯えた表情をしている愛しいアリスティーナに向かって、それはそれは優しい笑顔を向けていた。

「も、申し訳ありませんでした！　何度でも謝りますから、どうか許してくださいませ……！」

「どうして？　僕は怒ってないよ」

「どう見ても怒っていますわ!!」

そう、腹など微塵も立たない。むしろ、これを利用して彼女を可愛がれるのだと思うと、愉しくて仕方がなかった。こんなにも胸が躍るなんて、もしかしたら僕は本当に……。

――時を遡ること、数十分。ある秘密を知ってしまった僕は、学園の休暇を利用してアリスティーナを別邸へと呼び出した。

彼女は現在生徒会長として精力的に活動しており、日々逞しい成長を遂げている。その美しさにもますます磨きがかかり、廊下を颯爽と歩いているだけで何人もの男子生徒が振り返る。それは意識的ではなく、まるで本能が惹きつけられるように強烈で、抗うことが出来ない。

毒があると分かっていながら、甘い香りを漂わせる果実の誘惑に人は勝てない。彼女には、ただ美しいだけではない何かが備わっているのだ。

もちろん、そんな輩を僕が見逃すはずもなく、アリスティーナの知らぬところでしっかりと釘を刺している。僕の側近であるロンも『秘密裏に処理』をすることが得意で、本当に頼もしい存在と言えるだろう。

彼女は知る由もなく、僕が距離を詰めるたびに顔を赤くして怒る。その表情が可愛過ぎて、つい誰も見ていないか辺りを睨みつけてしまうことも茶飯事となっている。

アリスティーナと僕が婚約を交わしてから、もう十数年。すぐに照れて誤魔化すところは今も変わらず、見た目に反して初心で無垢なまま。そんな彼女が愛しくて堪らないはずなのに、たまにどうしようもなくめちゃくちゃにしてしまいたい衝動に駆られる。

その綺麗な琥珀色の瞳には、僕だけが映っていればいい。澄んだ声で僕だけ呼んで、細い指は僕だけに触れて、可愛らしい笑顔は僕だけに向けて。君の全ては、僕だけのもの。

そんな歪んだ独占欲に支配され、頭がおかしくなりそうになる。そんな時に必ず、アリスティーナは僕の様子がおかしいことに気付いてくれた。心配そうに顔を覗き込み、何でも話してくれと優しい言葉をかける。

彼女は僕に絶望という感情を教え、同時に僕を救ってくれる唯一無二の存在。アリスティーナのいない人生など考えられないけれど、かつて別の世界線で僕は彼女を見捨てたらしい。

その僕はアリスティーナとチャイ王女が時を巻き戻した為に、今は存在していない。もう何度も

「気にする必要はない」と言われたけれど、僕はその時の自分を許すつもりはなかった。こんなにも愛しい存在を、なぜ切り捨てることが出来たのか。時が巻き戻らないままだったら、僕は彼女のいない世界で一体何を糧に生きていたのだろう。

きっと、空虚な自分のまま。アリスティーナを愛していなければ、ただの操り人形として一生を終えていたのだろう。命があっても、それは死んでいるのと同じこと。彼女という存在がいて初めて、僕の瞳には魂が宿る。アリスティーナが、僕を血の通った人間に変えてくれた女神なのだ。

本人に言えば、顔を真っ赤にしながら「大げさだ、買い被りだ」と抗議するだろうけれど。そんな姿も見てみたいから、今度試してみようか。

と、こんな具合で僕は日々彼女への愛を拗らせているわけであるが、今日は新たな知らせを耳にしたので、アリスティーナを呼び出した次第だった。

彼女は何のことやらさっぱりといった様子で、リリが淹れた紅茶を美味しそうに飲んでいる。ちなみに、今は人払いをした為に部屋には二人きり。

「とある筋からの情報なんだけど……。アリスが、僕を『特殊性癖の持ち主』呼ばわりしたらしいって」

「……っ!! んん……っ、ゴホ……っ!! な、なぜそれを……っ!!」

全くの予想外だったらしく、アリスティーナは盛大に紅茶を撒き散らし、激しく咳き込んだ。

「大丈夫？ ハンカチ、使って」

「ありがとうございます……っ、そうじゃなくて!!」

オロオロと慌てふためき、顔を真っ青にして、視線をキョロキョロと泳がせている。こんなアリスティーナを見るのは初めてで、内心楽しくて仕方がなかった。その感情を完璧に隠して、僕は目を伏せる。

「悲しいよ。君が僕を、そんな風に思っていたなんて」

「ち、ちち違うのです!! これには深い事情があって……!! ユリアン様を陥れようとして嘘を吐いたのではありませんわ!!」

アリスティーナは、僕に誤解されたのだと必死に弁明しているが、もちろんそんなことは分かりきっている。いつぞやのチャリティーバザーで、僕に言い寄ってきたある帝国の皇女を退ける為に編み出した策。すぐにカッとなる彼女が、僕の不利益にならないよう必死に考え抜いた末に吐いた嘘なのだと。

仮にその噂で自身の悪評が立とうが大した問題ではないし、アリスティーナ以外の女性に好かれたいとも思わない。

ただ、妬いてくれたのが嬉しくて可愛くて、つい意地悪をしてしまいたくなるのだ。

「も、申し訳ありませんでした! 何度でも謝りますから、どうか許してくださいませ……!」

「どうして? 僕は怒ってないよ」

「どう見ても怒っていますわ!!」

そして話は冒頭へと戻り、現在彼女は僕の前でガタガタと体を震わせているというわけだ。思った以上に怯えているので、愉しいという感情がだんだんと可哀想に変わり始めている。

僕の言葉に一喜一憂するアリスティーナを見るのはとても好きだけれど、怖がらせたいわけではない。

「そうじゃなくて、僕はただ君を嘘吐きのままでいさせたくないだけなんだ」

「へ……？」

「だからさ、アリスティーナ」

断じて、怖がらせたいわけではない。ないのだけれど。

「君の嘘を、今から本当に変えてみる？」

「あ、あの……、わ、私……っ」

ああ、何て可愛らしいんだ。堪らなくゾクゾクして、思わず手で口元を覆った。琥珀色の瞳には薄らと涙が溜まり、羞恥で首元まで赤く染まっている。思考回路が停止して言葉も出ず、ただパクパクと口を開けているだけ。

僕だけが見ることの出来るその姿が、愛おしくて堪らない。腹の奥底にある僕の中の何かが刺激され、もっと彼女を苛めたいという思考が止まらない。

「ねぇ、アリス？　どうやって試してみようか。まずは、君が思う『特殊性癖』とやらを、僕に詳しく教えてくれる？」

返事も出来ない彼女の耳元で、わざと掠れた声で囁く。唇がほんの少し触れた瞬間、アリスティーナの体は大袈裟なほどにビクリと震えた。

「ユリアン、さまぁ……。もう、許してくださいませ……」

潤んだ瞳でこちらを見上げ、上気した頬を惜しげもなく晒している。羞恥を必死に堪えようとして息が荒くなり、体からはくたりと力が抜けていた。眉根を寄せ、懇願するような表情で僕に体を擦り寄せてくるのは、きっと無意識なのだろう。

「……っ、凄いな……」

結果、完敗したのは僕の方だった。もうこれ以上は、心の中の何かが捩じ切れてしまいそうで耐え切れない。熱を持った頬を押さえながら、僕は彼女から体を離した。

「ごめん、意地悪しすぎた。今のは全部……」

忘れてと、そう口にしようとした僕を止めたのは、アリスティーナの指先。唇に触れたそれは頼りなく震えていて、けれど確実に僕を殺しにかかっている。

「わ、私には、よく分からないの……。ですから、ユリアン様が教えてくださいませ……。全部、受け止めてみせますわ……！」

くらりと、眩暈がした。負けず嫌いの彼女は、こんなことでは許されないと判断したのか、それとも無自覚か。どちらにせよ、僕には刺激が強過ぎる。

「い、いや。もう良いから、この話は終わりにしよう」

パッと顔を背けて、アリスティーナの甘い指先から逃れようとする。それなのに彼女は、あろうことか続けようと距離を詰めてきた。

「それでは私の気が済みませんわ。どうか、もっと罰を与えてください！」

「も、もうお終い！　お願いだから離れて、アリス！」

「そんな、ユリアン様――っ‼」

少し揶揄うだけのつもりが、まんまと逆襲されてしまったのは僕の方。ソファから立ち上がると、僕は脱兎の如く逃げ出したのだった。

「この無能殿下！　貴様の考えなしの言動でどれだけの文官武官が迷惑を被っていると思ってる！」
貴族令嬢が第二王子の執務室に殴り込み!?　無能殿下×シゴデキ塩対応令嬢による無自覚恋愛おしごとファンタジー！

忙しすぎる文官令嬢ですが無能殿下に気に入られて仕事だけが増えてます

著：ミダ ワタル　イラスト：天領寺 セナ

悪役令嬢に転生したメルディーナ。
悪役にならなければ死なないと思っていたが、同じく転生者のヒロインにより殺されそうになってしまう。
ピンチの中、黒い狼に救われて、なぜか隣国の王宮に。
しかし、そこにいたのは意外な人物で……!?

転生令嬢は乙女ゲームの舞台装置として死ぬ…わけにはいきません！

著：星見うさぎ　イラスト：花染なぎさ

逆行した元悪役令嬢、
性格の悪さは直さず処刑エンド回避します！ 2

＊本作は「小説家になろう」（https://syosetu.com/）に掲載されていた作品を、大幅に加筆修正したものとなります。
＊この作品はフィクションです。実在の人物・団体・事件・地名・名称等とは一切関係ありません。

2023年8月20日　第一刷発行

著者 ……………………… 清水セイカ

イラスト ……………………… 鳥飼やすゆき
発行者 ……………………… 辻 政英
発行所 ……………………… 株式会社フロンティアワークス
〒170-0013　東京都豊島区東池袋3-22-17
東池袋セントラルプレイス5F
営業　TEL 03-5957-1030　FAX 03-5957-1533
アリアンローズ公式サイト　https://arianrose.jp/
フォーマットデザイン ……………………… ウエダデザイン室
装丁デザイン ……………………… AFTERGLOW
印刷所 ……………………… シナノ書籍印刷株式会社

二次元コードまたはURLより本書に関するアンケートにご協力ください

https://arianrose.jp/questionnaire/

● PC・スマートフォンに対応しております（一部対応していない機種もございます）。
●サイトにアクセスする際にかかる通信費はご負担ください。